Ce que peut un cœur

En activité réduite, comme une petite lampe allumée en permanence, de façon durable et attentive à l'environnement dans lequel nous vivons, La Veilleuse s'engage à faire découvrir des façons inédites d'appréhender, de narrer, ou d'écrire le monde.

Ce livre paraît dans la collection « Nuit blanche » qui regroupe les romans écrits par des auteur·trice·s contemporain·e·s.

Les Éditions La Veilleuse bénéficient pour ce titre du soutien de la Ville de Lausanne, du Canton de Vaud, de la Loterie Romande et de la Fondation Leenaards, ainsi que du soutien structurel de la CIIP.

Ville de Lausanne
Service des bibliothèques & archives
canton de vaud
LOTERIE ROMANDE
FONDATION LEENAARDS
ciip:
Conférence intercantonale instruction publique et culture Suisse romande et Tessin

Accompagnement éditorial : Florence Robins
Graphisme et couverture : Marine Bass
Mise en page : Axel Vachoux
Lectorat : Evelyne von der Mühll
Correction : Noëlle Rollet
Illustration de couverture : Claudia Renna

ISBN 978-2-88978-030-3

Julien Burri

Ce que peut un cœur

Roman

Éditions La Veilleuse

1

Lausanne, 2017

C frappe pour la première fois à la porte de mon bureau par un après-midi de printemps. Elle a un visage italien. Son regard dessine le monde, j'y vois de la douceur et de la précision. Elle est venue me donner des conseils pour numériser les documents d'archives que j'étudie. Je travaille dans un bâtiment où chaque visiteur fait face à ses souvenirs. Il se déploie en symétrie, ses ailes forment des X successifs, suscitant une impression de déjà-vu, le mirage d'être déjà passé par là. Dans ces couloirs, les échos ne peuvent mourir.

Les murs de béton nu gardent l'empreinte du bois de coffrage. Fibres, veines, yeux. À force de les voir, je connais ces traces par cœur, elles me permettent de me situer. J'ai longé les murs afin d'inscrire ces repères dans ma peau.

Après ce premier échange, nous prenons un café et sympathisons. À côté de son emploi à la bibliothèque universitaire, elle est artiste. Je lui demande de me parler de ses œuvres. Quelque chose dans notre conversation lui rappelle le modèle qu'elle dessinait chaque lundi après-midi, durant sa formation aux beaux-arts de Genève.

C'était au printemps 1989. Elle ne connaissait ni son nom, ni son histoire, ni le son de sa voix. Ils avaient tous les deux le même âge, vingt-trois ans. Chaque semaine, elle se réjouissait de le revoir et le jeune homme semblait l'attendre. Souvent, elle avait dessiné des vivants ; un mort, jamais.

Elle dit qu'il était beau. Il n'avait plus de peau. Un rai de lumière avait pénétré dans la salle de cours, frappant l'œil à demi ouvert – l'œil avait brillé, il était redevenu vivant.

Le corps avait été mis à la disposition des étudiants des beaux-arts par l'École de médecine. On avait retiré son enveloppe pour permettre l'étude des muscles superficiels, comme l'exige le dessin anatomique artistique, une tradition héritée de la Renaissance. Ce souvenir dévoilé en quelques mots me saisit autant que le respect avec lequel C évoque le jeune homme. Depuis vingt-huit ans, elle n'en a parlé à personne. Pourquoi cette confidence, alors que nous nous connaissons à peine ? Qu'a-t-elle senti en moi ?

Elle propose de me montrer les dessins qu'elle a réalisés à l'époque, ainsi que des clichés photographiques pris clandestinement. Elle doit les retrouver dans ses archives, elle me fera signe lorsqu'elle aura un peu de temps. J'accepte.

En traversant la ville pour rentrer chez moi, je visualise le tableau de Ferdinand Hodler, *Regard dans l'infini*.

Un jeune homme nu, debout au sommet d'une montagne, surplombe une mer de brouillard. Il semble en lévitation, mais ses pieds sont bien campés sur la roche. Ses paumes sont ouvertes sur sa poitrine. Lorsque j'ai vu ce tableau pour la première fois, j'étais plus jeune que le modèle peint par

Hodler – son fils, Hector. Hector était un grand frère pour moi. Chaque fois que je revois la toile, Hector paraît plus jeune. Désormais, il pourrait être mon fils.

Un défunt dans ma famille se rappelle à moi. Ma grand-mère me parlait souvent de son oncle, Odilon. Mon épiderme se couvre de petites protubérances, comme si j'avais froid.

Ce soir-là, je raconte à F ma rencontre avec C et l'histoire qu'elle a vécue. Les détails le troublent et je comprends qu'il préférerait que je n'en dise pas plus pendant le repas. Nous discutons d'autre chose, buvons une infusion de menthe, puis j'ouvre la fenêtre du balcon. J'entends un froissement d'ailes. Depuis quelques jours, un oiseau a élu domicile sur notre toile de tente et je lui ai fait peur.

En lavant la vaisselle je pense aux mains du mort.

L'inconnu continue à s'immiscer dans mes pensées même après une nuit de sommeil. J'ai l'impression qu'il me regarde à travers les années et j'aimerais savoir pourquoi.

Je note d'autres détails, pour ne pas les oublier. Ou peut-être, au contraire, pour m'en libérer. Le médecin-anatomiste et la professeure de dessin qui dispensaient le cours respectaient le secret médical. Ils n'avaient pas révélé l'identité du jeune homme. La connaissaient-ils ? Les étudiants avaient néanmoins réussi à en apprendre davantage. Le corps était « frais ». Il était arrivé peu avant à l'hôpital. Il avait été préparé spécialement pour ce cours. C'était un privilège de pouvoir l'étudier. Ses proportions étaient « parfaites ».

Il avait leur âge. Il s'était donné la mort.

Sa famille avait refusé de lui offrir une sépulture. Le corps n'avait pas été légué à la science, mais abandonné dans une morgue et personne n'était venu le chercher.

Il avait été exclu de la communauté humaine ici-bas et dans l'au-delà.

Cette histoire m'est parvenue par hasard. Elle demande à être écrite, mais je n'en ai ni la force ni la légitimité. Elle m'émeut, étrangement familière ; pourtant, ce n'est pas la mienne, je n'ai aucun droit sur elle.

J'espère finir par l'oublier.

2

Lausanne, 23 septembre 2022

L'atelier se trouve dans une arrière-cour dont je n'avais jamais soupçonné l'existence. Il n'y a pas de sonnette. Sol, murs et plafond sont de béton nu peint en blanc. Des toiles imposantes représentent des galaxies. Sur une nappe en plastique à carreaux rouges et blancs, C a disposé une bouteille d'eau minérale au parfum de concombre et de menthe, une assiette de macarons multicolores. Un grand carton à dessin est posé sur un chariot. Sur son coin gauche, on peut lire cette inscription discrète, au crayon : « Dossier anatomique ».

Les longs mois de la pandémie ont distendu le temps. J'ai pensé au jeune homme de loin en loin, en me demandant si je n'avais pas rêvé le récit de C. Mon mandat à l'université s'est achevé et je suis revenu à mon premier métier, journaliste. Je n'ai plus revu C jusqu'au jour où j'ai reçu ce message. *J'ai retrouvé les études et les photos du cours de dessin d'anatomie. C'était il y a trente-trois ans, j'en avais vingt-quatre et notre jeune homme vingt-trois quand on l'a dessiné dans sa mort.* Au fur et à mesure de ses déménagements, elle a conservé les esquisses qu'elle estimait les meilleures, *celles qui tenaient la route*. Non des œuvres à part entière, mais les témoins de ses années de formation.

Dès le premier feuillet, une main me happe. Un réseau de lignes fines a apprivoisé cette main d'homme, carrée, puis des traits plus francs l'ont saisie et elle a accepté de se donner. Ou peut-être est-elle venue se poser sur le papier comme un oiseau.

Les muscles de l'avant-bras sont dessinés à la craie grasse. On dirait une corde épaisse – ce bras pourrait étreindre un autre corps, le soutenir, l'empêcher de tomber. Sur les croquis suivants, plus techniques, la paume est ouverte, trois fois, vue en transparence. Au-dessus, un papier-calque mentionne : « fléchisseur profond », « fléchisseur superficiel », « ligament annulaire du carpe »... Puis la main et le bras droits sont représentés sous des angles différents, tel un mouvement décomposé. Là aussi, un calque nomme les muscles, promesse d'une infinité de gestes.

Sur un feuillet bleu, le cou et la poitrine : faisceaux de fibres noués à la craie grasse. La clavicule est indiquée d'un coup de gomme – effacer pour donner forme, le geste me frappe.

Il est debout, en pied ; l'épaule, le torse, le bras semblent contractés ; sa musculature est impressionnante mais naturelle, sans excès. Puis il est de dos. Le buste légèrement incliné et la jambe droite fléchie procurent une nonchalance au corps étrangement raide.

Il y a encore deux croquis dans le carton. Une jambe et un pied, détaillés et ébauchés plusieurs fois, les orteils pointent vers le bas, les pieds ne touchent plus terre.

Sur le dernier feuillet, le visage de profil. L'homme paraît dormir, l'œil mi-clos, les lèvres légèrement entrouvertes, un sourire imperceptible – un nageur émergeant à la surface pour respirer.

À l'époque, au sein de l'école, ce cours optionnel suscitait des réactions de peur, de rejet. Seuls cinq étudiants étaient inscrits, C et quatre garçons – leurs noms lui échappent.

Le cours se déroulait en deux temps. Un médecin donnait une introduction, nommait les muscles superficiels et expliquait leur fonction. Puis la professeure de dessin prenait le relais. Les étudiants travaillaient debout ou assis, à l'aide d'une planche. C cherchait son regard, comme pour obtenir son approbation. Quatre heures durant, elle tentait d'imaginer la couleur de ses yeux, celle de ses cheveux, sa peau.

À la fin du semestre, le corps commençait à se détériorer. La chair rouge virait au brun, comme lorsque trop de couleurs se mêlent sur une palette. Une tache grandissait sur le ventre. Les étudiants comprirent qu'il ne serait plus conservé très longtemps. Personne, après eux, ne le dessinerait plus.

Lors de la dernière séance, le moment qu'ils espéraient se produisit. Le médecin et la professeure de dessin s'absentèrent pour rédiger un rapport sur le cours autour d'un café, les élèves se retrouvèrent seuls avec lui. L'un d'eux sortit un appareil photo.

Ils développèrent les négatifs puis réalisèrent les tirages eux-mêmes, hors de l'école. Les photographies en noir et blanc se trouvent au fond du carton, dans une enveloppe en pergamine.

Le jeune homme se détache, presque phosphorescent sur le fond d'une salle tendue de noir. Il est grand, son ventre est légèrement incurvé. Sa chair striée de fibres paraît constituée de matière ligneuse. Mes yeux glissent sur son visage, son sexe, ses mains – cherchent la fraternité, ce qui nous rassemble. Une lointaine sensation de froid me parcourt.

Je tente de recomposer le visage à moitié effacé par les médecins anatomistes. Intacts, les oreilles et le pourtour de l'œil, les narines et les lèvres. Les paupières sont encore là, presque closes, pas tout à fait – une porte entrouverte, un homme ébloui par une flamme, au cœur de la nuit. Le sourcil paraît familier. Seule trace de pilosité, il me trouble infiniment. La tristesse se lit dans l'œil droit, ce triangle noir dans lequel un trait – un cil, un fragment de paupière ? – retient, accroche la lumière, rappelle la pupille invisible, donne l'illusion d'un regard.

J'aimerais découvrir cet homme peu à peu, chaque semaine, comme C à l'époque. J'aimerais revenir à l'atelier certains vendredis après-midi, revoir les dessins, les photographies. Nous parlerons de lui. Elle accepte.

Le soir, je me sens submergé. Je partage mes doutes. Est-ce que j'ai le droit de raconter cette histoire qui ne m'appartient pas ? F me demande de ne plus lui décrire le visage du mort, ni ses mains, son sexe. Il me dit qu'un oiseau est revenu occuper le balcon. Les leurres que nous avons installés – des CD miroitants – ne semblent plus faire effet. Nous parlons des fruits qui font ployer les branches du prunier du jardin et évoquons les amis ou voisins auxquels nous pourrions en offrir. Nous lisons au lit, nous éteignons.

3

Lausanne, octobre 2022

Je retourne à l'atelier avec des « chapeaux de curé », des pâtisseries aux noisettes. Nous parlons de la semaine écoulée, puis ouvrons l'enveloppe de pergamine.

Quatre élèves posent aux côtés du jeune homme. Il les dépasse d'une tête. Un étudiant porte une queue-de-cheval, une blouse blanche déboutonnée et des Nike. Il soulève les bras, écarte les doigts, mime un vampire surgissant derrière l'épaule de l'écorché comme pour le mordre. De ses camarades, c'est lui qui semble le plus effrayé. À côté, deux étudiants, blouses blanches boutonnées, esquissent des sourires gênés, cachent leurs mains dans leur dos ou leurs poches, détournent le regard. Elle est là, elle aussi. Je la vois à vingt-quatre ans, souriant légèrement, un crayon à la main. Même finesse, même énergie, même indépendance qu'aujourd'hui.

Qui est le cinquième étudiant, celui qui tient l'appareil ? Elle n'en garde aucun souvenir.

Sur le second portrait de groupe, trois étudiants entourent le modèle. Le fanfaron, mains dans les poches et conscient de sa beauté, chemise bâillant hors de son pantalon, considère l'écorché d'homme à homme, tutoie le mort – juxtaposition troublante de leurs deux corps, un avant-après halluciné. Sur le linoléum de la salle, les jambes des vivants et des morts se confondent dans la profondeur de leur reflet. Je préfère le taiseux, à gauche, qui ferme les yeux. Peut-être cherche-t-il à disparaître. De trois quarts, C tient toujours un crayon, un rayon de lumière tombe sur sa main comme pour la désigner.

Ses épaules semblent légèrement crispées. Serait-il resté figé dans un mouvement de recul ? Son visage, ses paupières, ses mains nous regardent. Les yeux fermés, j'essaie de visualiser les images contenues dans l'enveloppe pour donner forme à la peur, pour me rassurer.

La dernière photographie montre ses pieds. Les voûtes plantaires sont intactes. Ce qui m'émeut le plus, c'est la peau qui reste. Structure indescriptible des tarses dénudés ; je pense à une palissade vermoulue. Au Christ sculpté vu à Coimbra avec F. Branches fragiles des bras cloués à la croix, plaie au flanc creusant une cavité noire, torse rongé par les vers, pieds cloués, tordus, bois des orteils à nu. Un Christ qui s'incarne et disparaît dans un même mouvement – c'est le fils de Dieu et c'est à nouveau un arbre. Il n'en finit pas d'avoir pitié de nous, de souffrir pour nous – le bois travaille, pourrait reverdir, qui serait en mesure d'affirmer le contraire ?

Je songe au tableau de Hodler, à mon ancêtre Odilon, je songe à Marsyas.

Selon le mythe antique, ce satyre jouait divinement de la flûte. Sa musique enchantait, guérissait, réconciliait les créatures, les temps et les règnes, apaisait le chagrin des vivants, le courroux des morts. Marsyas défia Apollon, dieu de la Lumière, de la Divination, de la Musique et de la Poésie, prétendant être meilleur musicien que lui. Ils s'affrontèrent. Au début, le satyre gagnait. Apollon recourut alors à un subterfuge, montrant qu'il pouvait jouer de son instrument, la lyre, en le tenant à l'envers. Marsyas ne pouvait faire de même avec sa flûte. Il perdit et Apollon l'écorcha vif.

Ovide raconte la scène dans *Les Métamorphoses*: «*Quid me mihi detrahis?*», «Pourquoi m'arraches-tu à moi-même?» demande Marsyas à son bourreau. Ses muscles, ses veines palpitent, la terre boit son sang.

Certaines images nous hantent au cœur du sommeil. Les regarder, c'est se livrer, être transformé par elles, commencer à leur ressembler. Ma chair réagit, se tend, sans douleur – elle communique avec le jeune homme écorché. Je tente de surprendre le dialogue silencieux qui se noue entre mon corps et le sien.

C accepte l'idée que j'écrive sur le jeune homme. Elle m'invite à revoir les dessins et les photographies autant de fois que nécessaire. J'aimerais me montrer digne de lui, ne pas le trahir.

4

Petit conte noir

Les taches sur les portes de l'armoire semblaient vivantes.

Il dépoussiéra le meuble. Le rayon du bas, une fois soulevé, dégagea une cachette peu profonde – ses mains, en tâtonnant, rencontrèrent un tissu dans le double fond obscur. Il pensa qu'une présence venue de la nuit avait trouvé là un refuge, une tanière, comme cette chauve-souris qui s'était lovée, un jour, dans une fente du cadre de la fenêtre.

Le recto était lisse, le verso légèrement râpeux – sa mère, lorsqu'il était bébé, le déposait sur la toison tiède et moelleuse d'un mouton, une photographie en attestait, et ses doigts se rappelaient la face velouteuse du cuir jadis rattaché à la chair.

La robe était très différente, plus fine et presque sans fourrure. Il devina une bouche, des yeux, des oreilles, un nombril, un anus ; une découpe fendait le torse. Il reconnut une moustache, vit un long sexe vide dans sa toison, frissonna à l'idée de cette indiscrétion, comme s'il violait l'intimité d'un autre.

Ne crains rien.

Il continua à observer la robe, cherchant des indices.

Elle se révélait tantôt épaisse, tantôt si fine qu'elle devenait presque translucide. Son ancien propriétaire avait chuté en faisant du vélo, durant son enfance, s'écorchant les genoux. Il s'était un jour brûlé l'avant-bras gauche en sortant un plat du four, ou peut-être en repassant ses vêtements.

La robe déployée recouvrait entièrement la table de la cuisine, formant des vagues. Il revit le tombé ample, les cassures des étoffes peintes dans les retables de la fin du Moyen Âge. Les plis de la robe de la Vierge dessinaient des chaînes de montagnes, des vallées, le tracé des larmes, un poème géométrique – prononcer ce poème à voix haute pouvait ressusciter les morts, mais qui aurait su le déchiffrer ?

5

Lausanne, 11 novembre 2022

J'emprunte des ouvrages sur les écorchés dans l'art et la médecine.

L'Église voyait d'un mauvais œil la dissection qui portait atteinte au corps de l'homme, modelé à l'image de Dieu – les morts doivent rester intacts en attendant la fin des temps, lorsqu'ils se relèveront. Mais elle faisait des compromis. Des condamnés à mort étaient étouffés sans effusion de sang, une mort « douce » pour ne pas abîmer leurs chairs. La dissection était considérée comme un châtiment, la parfaite inversion d'un enterrement chrétien, on pensait que ces âmes perdues pouvaient ainsi s'acquitter d'une partie de leur dette envers la société et envers Dieu.

J'apprends qu'à la Renaissance les dissections étaient tolérées dans plusieurs villes italiennes comme Bologne, Pise, Padoue ou Rome. Ces démonstrations macabres se déroulaient souvent pendant la période du carnaval ; une foule de curieux venait assister à ce spectacle payant dans des amphithéâtres de médecine.

Dans les anciens traités d'anatomie, alors que l'anatomie masculine fait l'objet d'une étude globale, les corps des femmes sont disséqués avant tout pour leur système reproducteur.

La femme est réduite à sa capacité de procréer. L'anatomie et l'art étaient liés. Afin de peindre les émotions, les artistes avaient recours à la dissection. L'architecte Leon Battista Alberti enseigne que, pour représenter une figure vivante, l'artiste doit imaginer son squelette, puis ses nerfs, ses muscles et sa chair, enfin, et seulement à ce moment-là, sa peau – du plus profond vers la surface.

À Lausanne, V a dirigé l'Institut des humanités en médecine. Historien, médecin, poète et traducteur, c'est un passeur toujours curieux et prêt à apprendre des autres. Je lui parle de mon projet d'écriture et il accepte de rencontrer C, de voir les dessins et les photographies. Il a étudié à l'École de médecine de Genève entre 1974 et 1981, puis il a travaillé à l'Institut de pathologie, pratiquant de nombreuses autopsies, notamment sur l'un des premiers malades du sida. Il se souvient d'avoir croisé dans les couloirs des classes d'élèves des beaux-arts.

V regarde les photographies. En effet, c'est un jeune homme, apparemment en pleine santé. C'est inhabituel. Durant sa formation, V n'a pas eu l'occasion de disséquer des corps jeunes. Les cadavres à disposition étaient peu nombreux et l'on disséquait une main, un genou, une épaule, une tête… Rarement un corps entier. Je lui demande de décrire ce qu'il voit : c'est une anatomie à l'ancienne telle qu'on pouvait la pratiquer à la Renaissance. Elle a été préparée en vue d'un cours sur la structure globale et les muscles superficiels. Aucun travail n'a été effectué sur les oreilles, les narines, les yeux, les lèvres, sur les mains et la plante des pieds. L'opération a nécessité de nombreuses heures, la peau humaine ne se détache pas comme celle d'un fruit ou la fourrure d'un animal. Je lui montre la tache sur le ventre, qui, selon C, s'assombrissait et s'étendait au fil des semaines. V estime que cette marque trahit la nécrose des viscères. Ce sont eux qui se dégradent en premier, voilà pourquoi, durant des siècles, on a entamé les dissections par l'abdomen. De quoi est-il mort ? Difficile à dire d'après ces photographies – une mort qui aurait entraîné peu de lésions. Par noyade, à condition que le jeune homme ait été retrouvé rapidement. Par pendaison. Par absorption de barbituriques. En chutant d'une hauteur suffisamment importante pour causer une commotion mais sans disloquer les membres. Qu'est-il devenu, après ? Selon V, on ne se formalisait pas : aucun rituel funéraire n'était organisé. On ne déposait pas les cendres au jardin du souvenir.

Qui était le médecin anatomiste qui dispensait le cours suivi par C ? Les premières syllabes d'un nom émergent durant la conversation, un petit fil que mes interlocuteurs se mettent à tirer, au bout duquel se trouve un patronyme à consonance slave. À deux, ils parviennent à le faire remonter à la surface : le docteur Stanislav Gajisin, encore en poste à la faculté au début des années 2000, hélas disparu depuis. À l'époque, raconte V, avant la chute du mur, des médecins venus de l'Est, de Tchécoslovaquie, de Pologne, œuvraient à l'Institut d'anatomie de Genève. Ils avaient fui le bloc communiste.

C se rappelle sa professeure de dessin : Thérèse Houyoux-Grosclaude. « Peintre et enseignante. Objets », précise le site internet de l'Institut suisse pour l'étude de l'art. Née à Bruxelles en 1940, décédée à Bernex en 2011.

Depuis 1989, l'hôpital a déménagé et changé de nom. Un registre fait-il encore mention du jeune homme, aujourd'hui ? Comment l'identifier dans les archives ? V me soutient dans mes investigations. Il me conseille de contacter la faculté de médecine de Lausanne, de parler à des anatomistes pour découvrir comment ils travaillent aujourd'hui.

Le soir, revenu chez moi, j'examine les dessins et les photographies du modèle, enregistrés sur mon ordinateur. Sur un des dessins de C, deux lignes partent de la tête du jeune homme. Elles ne se rejoignent pas et se prolongent au-delà de la feuille. Elles n'ont pas servi de repères pour définir le volume de la tête, comme je le croyais – elles représentent le lien qui maintenait le modèle suspendu.

Une photographie révèle que le cuir chevelu a été ôté, mais que le crâne reste recouvert d'une couche de chair. Des trous ont été forés dans les os temporaux. Une fine corde les traverse. Cette déchirure produit chez moi une impression insensée de déjà vécu. Que crie cette bouche d'ombre ?

Avant que les élèves arrivent, le corps était sorti d'une bassine remplie de formol par les médecins anatomistes, puis redressé à l'aide d'une poulie ; peu à peu, au fil des heures, le formol s'égouttait.

Le torse dépassait en largeur le bac en plastique au-dessus duquel le corps était suspendu, semblable aux bacs que l'on utilisait pour développer les photographies argentiques – durant la leçon, du liquide devait se répandre sur le sol.

À la fin des quatre périodes, les participants quittaient la salle, hagards, comme sous l'effet d'une drogue légère. Les yeux irrités, comme s'ils avaient pleuré.

Les morts reposent à l'horizontale, ils ont les yeux clos ; pas lui. Dans les vapeurs du formol, C avait-elle l'impression qu'il bougeait insensiblement, lorsqu'elle ne le regardait plus ?

Le jeune homme percevait l'étudiante et tentait de lui faire passer un message. Il savait que ses dessins lui rendaient un lambeau de sa peau perdue.

Il se tient sur le seuil entre les mondes.

Nous ne connaissons rien de lui mais il sait notre présence.

Il émerge d'un bain capable d'annihiler toute forme de vie. C'est un homme, pas un éphèbe. Un homme puissant, la chair à vif. Suspendu comme on suspendrait du linge, il s'égoutte. C'est un artefact que l'on réactive chaque lundi à 14 heures. On l'extrait d'un caisson, on le remet à l'intérieur quatre heures plus tard. Chaque semaine, on déterre le mort pour reproduire son image, avant de l'ensevelir à nouveau. On le réveille, tel un automate, on remonte un mécanisme, il se redresse, entrouvre les yeux ; après quatre heures, on le désactive, il disparaît, s'enfonce dans le Léthé, le fleuve de l'oubli. Il baigne dans ce liquide amniotique jusqu'à sa prochaine renaissance ; il en a besoin comme nous d'eau et de sang.

Peu à peu, séance après séance, il se désagrège – les élèves le dessinent alors qu'il se décompose devant eux.

Il est étonnamment présent sur les dessins, les photographies, et dans les souvenirs de C. Quelque chose de doux et d'humain se dégage malgré l'effroi. Il ne nous veut pas de mal. Il est là, il nous regarde.

6

Lausanne, 10 février 2023

Matin blanc, puis après-midi empli de ce soleil. Les ombres s'allongent en rubans sur le tapis. Ciel bleu pâle. Une bourrasque fait claquer un volet au salon, dont le crochet est usé. Mais la lumière réchauffe dès qu'elle nous effleure.

Je traverse la ville pour rejoindre l'atelier. Les rivières ont disparu. Durant des milliers d'années, elles ont coulé à ciel ouvert, façonné le paysage. L'une d'elles portait le nom d'une divinité gallo-romaine, Leusanna, associée à Isis, déesse des flots à laquelle les habitants vouaient un culte. Au XIXe siècle, les deux rivières ont été enfouies sous les rues et les places. Depuis, la ville est suspendue, hantée par leur absence ; elle a perdu sa temporalité, le double ciel qui la reflétait. J'aimerais voir, sous son épiderme, les rivières obscures comme les mots, les histoires qui circulent en nous.

Des périodes éloignées se chevauchent. Je passe à côté du gymnase de la Cité. Des camarades avaient découvert un souterrain sous leur classe, voisine de la mienne.

Une trappe, devant le tableau noir, s'ouvrait sur le vide. C'était bas, on ne pouvait se tenir debout, mais c'était grand, on devinait des ombres minérales, près du sol, une immobilité très ancienne. Impossible d'explorer le souterrain sans éclairage. En 1997, les téléphones portables n'étaient pas encore équipés de lampes de poche.

Le lendemain, nous avions apporté des lampes torches dans nos sacs à dos. Nous étions impatients d'ouvrir la trappe et de nous y glisser, la pause se faisait attendre. Des squelettes gisaient sur la terre battue. Ils nous écoutaient marcher là-haut, ils écoutaient nos cours de français, d'histoire antique, de mathématiques ; les poèmes de Baudelaire, les aventures d'Ulysse, le théorème de Pythagore. Ils voyaient la lumière à travers les lattes du plancher, sentaient le sol vibrer lorsque nous nous déplacions et que nous tirions les chaises pour nous asseoir. Ils nous entendaient rire sous cape, nous moquer d'un remplaçant. Ils savaient tout de nous.

Il n'y avait plus de crânes, mais des tibias, des côtes, des fémurs. Les crânes avaient-ils été emportés par les précédentes générations d'élèves ? Au début, nous n'arrivions pas à y croire ; ce n'étaient pas de vrais ossements. Impossible. L'une de mes camarades emporta un tibia chez elle pour le montrer à son petit ami, étudiant en médecine. Ce dernier authentifia un os humain. Le tibia fut-il ensuite replacé dans le bon sarcophage ? Est-il resté oublié au fond d'un placard, jusqu'à ce qu'un grand nettoyage ou un déménagement ne le fasse réapparaître ? C'était bientôt l'an 2000. Certains prédisaient la fin du monde pour le 31 décembre 1999. Tout s'arrêterait – les ascenseurs, les ordinateurs, les avions, les bourses mondiales. Ce serait le début de l'Apocalypse. Ensuite viendrait le Jugement dernier. Les morts se relèveraient, sortiraient par la trappe, devant le tableau noir, se mettraient en quête de leurs crânes égarés.

L'un d'eux chercherait son tibia perdu ; un autre se retrouverait avec trois tibias au lieu de deux.

Les livres me renseignent : les fondations du bâtiment dans lequel j'ai étudié, l'ancienne église Saint-Étienne, rue de la Mercerie, abritent une crypte contenant seize tombeaux érigés entre le VIe et le IXe siècle. Ils ont servi plusieurs fois. Certains ont été aménagés avec les pierres de la ville romaine. Une petite tombe de trente centimètres sur vingt contient les ossements d'un homme et d'un bébé. Le bâtiment est toujours occupé par des classes aujourd'hui – la trappe a été condamnée.

Quelques pas et je m'éloigne de la rue, laisse derrière moi l'agitation de la ville. J'aime me glisser dans l'arrière-cour.

C m'a donné le code. Lorsque j'arrive sur le palier, sa porte est ouverte. Nous mangeons des carottes, du raisin, des fruits secs, du chocolat. Nous avons la même sensibilité, le même humour, le même respect pour le jeune mort. C devient peu à peu une amie.

Devant le carton ouvert, j'essaie de regarder plus attentivement les images.

L'épiderme qui recouvre la main gauche évoque un gant. Je suis le contour de la main droite. Le majeur est plus court que l'index et l'annulaire – la dernière phalange manque. L'a-t-il perdue dans un accident, exerçait-il un métier dans lequel on court le risque de se trancher un doigt ? Quels étaient ses gestes, son quotidien, ses pensées, sa langue maternelle, sa profession, les chemins qu'il empruntait ?

Ces photographies n'ont rien d'érotique. L'érotisme, c'est l'épiderme dévoilé, ce qu'il y a juste au-dessus : chaleur, fluide, hâle, rougeurs. Ce que l'être a traversé et dont il s'est imprégné – l'odeur d'un homme qui a marché dans une forêt ; celle d'une femme qui a parcouru une ville. C'est le désir de voir, caresser, déployer les surfaces, de les démultiplier, d'investir la peau qui tapisse les portes du corps. En aucun cas de pénétrer sous la peau.

Par pudeur, C a préféré ne pas représenter le sexe, sauf une fois, habillé de flou, dans le croquis des muscles de la cuisse. Éviter de donner l'impression qu'il était émasculé, ne pas lui enlever sa force. Dans la petite enveloppe des photographies, la verge est dénudée de son fourreau, les testicules de leur bourse. J'ai mal à l'entrejambe. Jadis, à l'école, on m'avait écrasé cet endroit-là. Les larmes aux yeux, jusqu'à la suffocation. Tous les garçons passent-ils par cette épreuve ? Cette douleur, je l'ai retrouvée plus tard, au cinéma, en regardant un film sur la mort de Pasolini. L'énumération des coups que le poète avait reçus, l'acharnement et la brutalité de ses meurtriers qui avaient roulé sur son corps avec une voiture, broyant ses testicules.

Mes yeux s'arrêtent sur la tache, au-dessus du nombril.

On dirait un hématome, la marque d'un coup de couteau ; la plaie au flanc du Christ de Coimbra. Plus je la fixe, plus la tache s'étend, déteint – les étudiants avaient imaginé que la mort venait d'elle : une arme avait déchiré le ventre, pensaient-ils. La tache avale le jeune homme, le creuse et l'aspire en même temps. Est-elle cri, est-elle silence ?

Je vois les taches sur les portes de l'armoire dans la chambre de mes grands-parents. Dans les formes sombres du bois, des créatures émergeaient et me regardaient.

Je suis dans cette chambre. J'ai dix ans, j'entre quelques instants après la mort de mon grand-père Henri ; ma grand-mère Odette, ma tante et ma mère viennent de s'absenter pour appeler le médecin, prévenir la famille, les proches. Je reste avec lui. Étendu sur son lit, exsangue, c'est encore mon grand-père et ce n'est plus lui, un étranger a pris sa place et nous devons nous apprivoiser. Mon grand-père s'est éteint face à l'imposante armoire aux trois portes et aux tiroirs plaqués en loupe de noyer. Durant ses longs mois de maladie et de fièvre, les taches se sont animées, pensée térébrante à laquelle il ne pouvait échapper. Une carte s'y dessinait, le passage que l'âme devait mémoriser.

Une carte insaisissable qui se métamorphosait sans cesse.

Lorsqu'un arbre subit une agression, due par exemple au gel, il peut produire une « loupe », une excroissance noueuse, ligneuse, arrondie, une tumeur bénigne. Dans ce renflement, les cellules prolifèrent en tourbillons. Ce bois prisé des artisans présente des veines et des nœuds particuliers, des dessins ondulants ou chatoyants. Découpé en feuilles fines, disposées en symétrie, il permet de réaliser des placages d'une beauté saisissante.

Toute écriture naît peut-être elle aussi en réaction à une agression.

La lame d'un cutter brille dans son fourreau. Sur le bureau, C a disposé des images prélevées dans des livres d'art et des magazines. Elle a découpé des personnages, des animaux, patiemment composé de nouvelles images, créé des raccourcis entre des réalités que l'on a tendance à séparer.

Elle me laisse libre de reprendre avec mes mots l'histoire qu'elle m'a confiée. *On verra ce qui se passe.* C'est sa méthode de travail, dans ses collages : patiemment observer les images sélectionnées, les découper, associer les fragments, voir comment ils s'articulent, puis choisir. J'apprends comment écrire sur lui – la solution se trouve sous mes yeux, dans l'atelier.

À gauche de l'entrée, sur cinq panneaux presque aussi hauts que la pièce, C a reproduit environ cent cinquante figures, un rébus mettant en scène la folie destructrice des hommes. Un crâne, Adam et Ève chassés du paradis, la main de Dieu peinte par Michel-Ange, une vierge en bois portant l'Enfant Jésus, une otarie, un guerrier, un virus géant, une paume avec des flammes… À côté d'une planète irradiante, ces mots : « Ça va chauffer. » Et sous un lapin qui prend la fuite : « Toutes nos excuses. »

Parmi la profusion de personnages, d'objets, d'animaux, je remarque pour la première fois un écorché de dos, cheminant main dans la main avec un robot. « Album de famille. »

En 1989, la figuration n'était plus à la mode, l'étude de l'anatomie humaine ne faisait plus partie du cursus obligatoire de nombreuses écoles d'art. Pourquoi avait-elle choisi ce cours ? *Pour apprendre l'intérieur de nous. Pas d'après une sculpture ou un livre, mais sur un vivant.* Je m'étonne du mot qu'elle choisit : « vivant ».

Je voulais voir ce qu'il y a sous la peau.

Avant d'entrer aux Beaux-Arts de Genève, elle habitait à Zurich, suivait des cours du soir pour composer un dossier d'admission. Elle ouvre un autre carton, contenant les croquis de cette époque, ses « gammes », comme elle les appelle. Elle a toujours aimé représenter ce qui vit. Voici des tortues et des singes, étudiés un été durant au zoo de Zurich.

Comment saisir un être humain sur le motif ? Comment réaliser une « académie » d'après nature ? Devant moi, C esquisse une ligne verticale dans l'espace, définit l'axe d'une figure invisible, puis des lignes horizontales indiquant les proportions du torse, de la tête, du cou et les principales articulations. *Je le sculpte.* Elle part de la *racine.* Que ce soit organique, comme la végétation, que l'on sente que chaque trait naît en amont, bien avant d'apparaître sur la feuille, qu'il porte en lui un monde, que ce monde se prolonge hors de notre champ de vision.

Je l'imagine en train de dessiner le jeune homme, le cherchant patiemment pendant toutes ces heures. Elle consacre des mois à tracer ses contours avec minutie, à donner corps à l'absent. La patience transforme son regard et sous ses doigts il reprend vie.

Les femmes artistes et anatomistes ont été longtemps dissimulées dans les plis de l'histoire de l'art. Anna Morandi Manzolini (1714-1774) a été l'une d'elles. Elle a réalisé des statues de cire de préparations anatomiques à l'Université de

Bologne. L'un des écorchés qu'elle a modelés porte sa peau sur ses épaules, telle une cape.

Elle a étudié et représenté le système reproducteur masculin et livré un autoportrait, sous la forme d'une statue de cire. Vêtue d'une robe rose à la mode de son temps, bijoutée de colliers et de bracelets de perles, elle dissèque gracieusement un cerveau.

Exclues durant des siècles de l'apprentissage du dessin anatomique, les femmes ne pouvaient prétendre à la peinture d'histoire, représenter les rois, les héros, les dieux de la mythologie, les batailles, les drames, les scènes bibliques. Elles ont été cantonnées aux fleurs et aux portraits.

Dans les écoles de dessin qui leur sont ouvertes, au XVIIIe siècle, certaines refusent d'étudier des nus masculins sur le motif ou même en plâtre, par crainte de compromettre leur réputation et d'être suspectées de mœurs légères.

J'ai découvert que les « demoiselles » ont été admises à l'École municipale d'art de Genève en 1852. Elles étaient autorisées à représenter des visages, des femmes ou des enfants habillés. De leur côté, les élèves masculins étudiaient le nu depuis plus de cent ans.

En 1886, elles ont pu entrer à l'École des Beaux-Arts, dans la classe de Barthélemy Menn, maître de Hodler. Elles ont eu accès aux nus masculins, mais les modèles devaient porter des pantalons ou des caleçons.

Le mur du fond de l'atelier est couvert de fleurs peintes à l'huile. Je demande à C de m'en parler. *Millefiori* consiste en un assemblage de quatre-vingts petits panneaux de bois rectangulaires disposés bord à bord, dont je n'avais pas remarqué l'étrangeté, la subtile discontinuité. Pavots, muguet, iris, pois de senteur, gentianes, bleuets, campanules... Chaque plante a été observée pendant la pandémie ; une fleur par promenade. Dans ce jardin idéal, construit par la mémoire et la peinture, des fleurs de saisons différentes se côtoient, certaines sauvages, d'autres ornementales.

L'association de réalités apparemment éparses crée une étincelle, permet d'éclairer des pièces obscures au fond de nous. Qu'est-ce qui se trouve dans cette nuit souterraine et attend ma venue ?

Un tremblement ancien.

J'ai onze ou douze ans. Après une récréation, je me mets à trembler. Mes jambes, mes bras, ma mâchoire sont pris de soubresauts. Je frappe mes cuisses, me donne des gifles, mais je n'arrive pas à m'arrêter de trembler. À l'école, on s'interroge sur l'origine de cette « crise », le professeur de biologie est consulté. L'institutrice appelle mes parents. Nous rentrons à la maison. Ça passe, on ne cherche pas plus loin.

Je lève les yeux, m'imprègne des rayons de soleil qui pénètrent dans l'atelier. Je ne tremble pas, il n'y a aucune raison d'avoir peur. Un moineau vole près du coin supérieur de la fenêtre. Je ne suis pas seul, C est avec moi, l'homme écorché également, et tant de détails du vivant m'accompagnent.

7

Lausanne, 9 mai 2023

L'unité facultaire d'anatomie et de morphologie de l'hôpital cantonal, l'UFAM, accepte de nous recevoir, V et moi. Le linoléum des escaliers, rose saumon mêlé de filaments blancs, me rappelle les couleurs des écorchés de plâtre. Deux médecins nous accueillent pour que je leur expose mon projet. L'un d'eux fixe mon profil. Je ne le vois pas, mais sens son regard. Parfois, la peau perçoit des choses éloignées dans l'espace. Il n'est pas importun, il veut connaître mes intentions; j'ai l'impression qu'il écoute ce qu'il y a derrière mes paroles.

Le mot «écorché», utilisé en histoire de l'art, fait sourire nos interlocuteurs. Ce n'est pas le terme adéquat, il évoque quelque chose d'animal. On écorche un bœuf pour tanner son cuir. À l'hôpital, on dit «disséquer», on dit «récliner» aussi, lorsqu'on détache un lambeau sans le dissocier complètement – on peut le manipuler, de même que la page d'un livre: l'ouvrir pour dévoiler ce qu'il recouvre, le rabattre comme on refermerait un volume. Suis-je certain que l'homme dessiné par mon amie était jeune? On ne peut pas deviner l'âge d'un corps disséqué, disent-ils. Je leur montre les photographies. Oui, constatent-ils, il est jeune. C'est très rare. Dans cette unité, ils reçoivent les corps de personnes décédées naturellement, même si certains donateurs ont recouru au suicide assisté parce qu'ils étaient atteints d'une maladie incurable, de polypathologies invalidantes liées à l'âge, de souffrances intolérables. Ces hommes et ces femmes ont choisi de faire don de leur dépouille à la science pour la formation des futurs médecins.

Les jeunes meurent rarement de mort naturelle. La mort, chez eux, est suspecte ; elle entraîne une autopsie dans un autre service.

Les dons proviennent en règle générale du canton où se trouve l'hôpital, dans un rayon d'une centaine de kilomètres. Je pensais qu'ils venaient de plus loin, d'une autre région, pour éviter que les étudiants ne tombent sur quelqu'un qu'ils pourraient connaître. C'est ce que V avait appris durant sa formation à Genève. Il y a quarante ans, pouvait-on, en Suisse, utiliser un corps qui n'avait pas été légué à la science ? La procédure n'était pas la même qu'aujourd'hui. La question du consentement ne se posait probablement pas. Légalement, c'est devenu impossible. On ne dissèque pas, à moins d'un don, à moins que l'on cherche à déterminer les causes de la mort par une autopsie, dans le cadre d'une enquête de police, ou pour étudier une maladie encore méconnue.

L'idée que le jeune homme était sorti d'un bain de formol surprend nos interlocuteurs. Le mot « imprudent » revient dans leur bouche. Cette substance est toxique. Exhiber ce corps durant des heures sans ventilation adéquate ni port de gants et de masques, c'était exposer les étudiants à des doses importantes de cette solution.

La possibilité d'assister à une dissection est évoquée. Les médecins paraissent déçus que je ne m'intéresse qu'à l'« enveloppe ». Ce qu'il y a dessous aussi est passionnant, disent-ils. Je ne possède aucun savoir médical pour donner sens à ce que je verrai. Cela me coupera le souffle, me laissera sans voix. Je ne pourrai pas contrôler mes émotions, elles me submergeront. Paradoxalement, mes doutes mettent les médecins en confiance. Ils acceptent.

8

Lausanne, 6-8 juin 2023

Je me gratte machinalement la nuque, d'abord sans suspecter quelque chose d'inhabituel. Mon épaule paraît rugueuse, je tente de la voir en me contorsionnant devant la glace.

F prend une photographie pour me montrer.

Une plaque rouge est apparue. Durant les jours qui suivent, la tache se développe en relief, comme si elle enflait. Une réaction allergique ? Je n'ai pourtant rien mangé de particulier.

Plus la date de ma seconde visite à l'hôpital approche, plus la tache grandit et devient écarlate. Ce doit être un zona. On dirait un cœur, dit C. Au-dessus, une marque en forme d'éclair, un fleuve vu du ciel, court sur l'épaule, s'enfonce et disparaît profondément dans la chair.

Mon corps m'est en grande partie inconnu, comme un lieu où je ne suis jamais allé, que je connaîtrais par ouï-dire. J'ai de l'intérieur de mon organisme une perception abstraite, magique ; les organes internes sont des créatures minérales, animales, végétales. J'ai peur de ce qui se trouve sous la surface.

Le monde se retourne comme un gant. J'ai des vertiges, de violentes nausées, même si je reste immobile – le sol ondule sous mes pieds. Je tournoie comme si je chutais la tête en arrière, au fond d'un puits. J'ignore si je pourrais me rendre à l'hôpital tout à l'heure. Si l'on n'est pas médecin, on n'assiste jamais à cela : l'ouverture d'un corps. Qu'arrive-t-il une fois que l'on passe de l'autre côté ?

« Vertiges positionnels paroxystiques bénins », diagnostique mon médecin. Dérèglement de l'oreille interne. Attendre de voir si ça se calme ou faire des examens.

Je monte lentement par le parc, à pied. Chaque fois que je rencontre un promeneur, je me demande si on me montrera un corps comme le sien.

Les médecins me proposent un café. Leur gentillesse me rassure. Ils sont attentifs à ne pas me brusquer.

Au moment venu, nous revêtons des blouses blanches et des chaussons en plastique bleu. Nous sommes les prêtres d'un culte très ancien. Par la porte entrouverte, je sens pour la première fois l'odeur – elle rappelle l'eau-de-vie de prune, légèrement aigrelette, de l'enfance : le tonneau en plastique bleu que mon grand-père Henri installait au garage pour laisser macérer les fruits tombés de l'arbre, avant de les apporter à la distillerie.

Respirer cette odeur de mort me rapproche du jeune homme.

Dans la vaste salle, mon attention est arrêtée par un objet, près de l'entrée, sur un présentoir. Une main de femme, tranchée au poignet. Traitée chimiquement, elle ressemble à du verre. Puis, sur une table de dissection, des formes d'une matière différente : humide, souple. Des produits de conservation ont bloqué l'altération cadavérique et modifié les chairs – elles n'ont plus la même consistance, ni la même couleur. Honteusement, je pense à de la viande bouillie. Je cherche le familier dans ce que je vois, pour ne pas suffoquer, pour que mes jambes restent consistantes et continuent de me porter.

Deux étudiants révisent pour leurs examens, manipulent des membres. Les médecins qui me reçoivent disent que j'ai le droit de laisser monter mes émotions. Ils me conseillent de ne pas m'approcher, si je ne le souhaite pas. De quitter la salle si je ne me sens pas bien. La «pièce» qu'ils ont préparée pour notre rendez-vous est installée tout au fond, sur une table en acier inoxydable. Sa forme bombe sous une toile opaque. Elle est surnommée Monsieur Muscles. Le responsable des corps découvre lentement, par étapes, les bras, le buste, observe mon visage pour voir comment je réagis, savoir s'il peut continuer. Je demande à m'asseoir sur un tabouret. Il n'y a rien à dire, rien à faire : entrer dans cette immobilité, dans cet après, regarder la dépouille de cet homme et lui témoigner mon respect. Pendant un moment, je n'ai plus de mots.

J'ai les jambes coupées, mais les vertiges ont cessé.

Je me sens vivant.

Monsieur Muscles n'a plus de jambes. Elles ne s'étaient pas bien conservées et ont été sectionnées. Depuis huit ans, il est devenu un objet d'étude pour les médecins en formation. Sa chair dit les années accumulées, une croissance, comme celle d'un arbre ; ce qu'il a traversé, l'air respiré, l'eau bue, ce qui l'a ému, les paysages qu'il a parcourus, les paroles qu'il a prononcées. Lorsque je suis né, il vivait. Mes années de vie sont inscrites dans ce corps, nous avons partagé le même temps.

Un mot remonte à la surface, dans la vaste salle de dissection, entre le corps et nous. Je ne sais pas pourquoi, c'est lui qui s'impose, me rassure. « Miséricorde ».

Des dizaines d'heures ont été nécessaires pour retirer les tissus cutanés et sous-cutanés. On ne peut pas lui donner d'âge.

Une plaquette circulaire, au poignet, porte le numéro 528. Des agrafes métalliques sur le sternum témoignent d'une ancienne opération du cœur. J'imagine que sa vie a été prolongée grâce à la médecine et qu'il a voulu remercier l'hôpital en faisant don de lui.

La tête est toujours recouverte d'un tissu. On me demande si je souhaite la voir.

Visage anguleux, compact. Les traits ont gonflé à cause des produits de conservation ; le nez est légèrement écrasé parce que l'homme est demeuré longtemps entreposé sur le ventre. Les yeux, ici, sont invariablement gris souris, ils perdent leur couleur et se rétractent. Une partie du cuir chevelu est toujours attachée à la tête. Je revois mon premier sac d'école en peau de vache. Je pense à la fragilité du cuir chevelu. À la douceur de la tête de mon père, sa calvitie.

À la fin de la visite, Monsieur Muscles est recouvert de tissus imbibés d'éthanol et d'eau. Les mêmes linges que j'utilise à la cuisine pour essuyer la vaisselle. Je devrais écrire « torchon », mais le mot employé dans ma famille a toujours été « linge ». Dans cette salle de dissection, je pense au foyer, à l'habitable.

Monsieur Muscles durera probablement davantage que nous, estime le médecin responsable des corps. Certaines pièces ici ont plus de quarante ans.

Combien de temps le jeune homme dessiné par C a-t-il été conservé ? Quand est-il entré au département de morphologie de la faculté de médecine de Genève ?

La tache rouge sur ma nuque a disparu. Demeure une marque pâle.

Je vais me baigner au lac avec F. Nous jardinons, nous occupons des plants de tomates. *L'émotion peut surgir plus tard, vous saisir lorsque vous vous y attendez le moins, dans un autre contexte,* m'ont mis en garde les médecins anatomistes. *Laissez-la monter, laissez-vous imprégner sans résister.* Elle vient quand je pèle une pomme, quelques jours plus tard. Je n'ai pas peur. Pas de larmes, pas d'angoisse, mais une confiance en la vie qui nous porte.

9

Petit conte noir (suite)

À son réveil, il observa l'armoire dans l'ombre. La robe était-elle toujours à l'intérieur ? Sur les portes, les taches évoquaient des têtes de grands chiens qui montaient la garde.

Il partit travailler de bonne heure, comme à son habitude. Durant la journée, troublé, absent, il dut recommencer plusieurs fois des additions pour établir des devis. Jamais, avant ce jour, il ne s'était montré distrait au bureau.

Une fois rentré chez lui, il s'approcha du meuble. Il l'ouvrit et sortit la robe. Elle produisait des étincelles, comme du satin. En l'observant de plus près, il vit qu'elle était rapiécée. Il reconnut les vestiges granuleux de la varicelle.

La robe se racornissait à l'air libre et il comprit qu'elle demandait à être touchée, comme ces parchemins qui échappent à l'usure du temps si on continue de les lire.

Il suivit du doigt les lignes de vie dans les paumes.

Le lendemain, lui d'habitude si méticuleux, il multiplia les étourderies. Il ne pensait qu'au soir, lorsqu'il serait à nouveau auprès d'elle.

Une fois chez lui, il mangea puis se rasa, se coiffa avec soin. Sur les portes de l'armoire, les taches lancinantes n'évoquaient plus des têtes de chiens patibulaires, mais une imagerie médicale, des coupes histologiques de cerveau humain.

Il déplia la robe sur le sol.

Il se déshabilla, foula la surface douce et moelleuse, sentit un téton masculin durcir sous son orteil gauche, une bouche caresser son talon droit.

Une fois au milieu de la robe, il se pencha, la saisit et la remonta lentement le long de ses jambes, de son ventre, de sa poitrine. Elle enserrait délicatement son corps, le réchauffait, lui redonnait espoir en la vie.

Il perçut sur son palais le goût et la salive d'un autre.

Au début, la robe semblait froide, puis se tempéra. La surface n'était pas solidaire de la profondeur, le cuir formait des plis sur les avant-bras et pendait sous les talons.

Il se regarda dans le miroir. Si, dans un premier temps, les yeux paraissaient enfoncés sous le front comme derrière un masque, l'effet de distance s'atténua, le flou du visage s'estompa, il devint net.

Dans la glace, il surprit un inconnu.

N'aie pas peur, ta vie commence enfin.

Il s'étendit, perdit la notion du temps et de l'espace, poussa un soupir de douleur et de délivrance.

Les poils se hérissèrent. Il se sentit coupable à l'idée d'enfreindre un interdit, de commettre un sacrilège: *La robe appartient à un mort, sa place est au cimetière,* dit une autre voix. Il vit une tombe et une croix. Il frissonna. Il retira la robe, la laissa sur le lit. Pendant la nuit, il eut l'impression euphorisante de ne plus être seul. Quelqu'un respirait à ses côtés. Elle avait pris la place de son drap et de sa couverture. Elle veillait.

Durant la journée, son supérieur lui fit des remontrances. Il n'en prit pas ombrage : établir des factures et des devis dans cette entreprise qui l'employait depuis bientôt vingt ans, avait soudain perdu tout intérêt. Il savait qu'elle attendait son retour. Il gardait son odeur sur ses doigts.

10

Lausanne, 20 juin 2023

V m'accompagne pour le troisième rendez-vous à l'UFAM. Deux médecins soulèvent le couvercle en inox au-dessus de la table de dissection – bruit de métal tremblé, le début d'un orage. Le corps qu'on nous présente est intact. On lui a attribué le numéro 896. La couleur de la pastille, noire, signifie que la famille souhaite recevoir les cendres.

Les pieds paraissent de marbre, le gauche surtout. La jambe droite, plus maigre, moins bien conservée, présente des hématomes, la marque d'une chute, avant la mort ; un sparadrap est resté collé sur l'orteil.

L'homme porte une moustache poivre et sel.

Pour le conserver, on a introduit, par l'artère fémorale, au sommet de la cuisse, environ dix-huit litres d'un liquide à base d'éthanol, puis on a créé une circulation post-mortem grâce à une machine appelée « Virtangio ». Cette préparation a mis fin à toute forme de vie bactérienne. Le corps ainsi stabilisé a été placé sous vide dans un sac étanche, deux ans dans une chambre froide.

Le but de cette séance comme des suivantes est de tester un fixatif en cours d'élaboration et de brevetage. Nous sommes six, quatre spécialistes en anatomie, V et moi, autour de la table.

Les scalpels sont aiguisés à l'aide d'une pierre. Une première incision découpe une ligne droite, au milieu du thorax, trait de stylet sur une tablette d'argile. Autour du nombril, on trace une croix entourée d'un cercle. Je vois des méridiens sur une carte. Une formule kabbalistique.

Ils sont quatre à travailler pour ôter le derme, sur l'abdomen et le ventre. L'hypoderme est jaune, enchâssé dans un filet presque invisible, une toile d'araignée – tout est lié, en continuité. C'est grâce à cette couche de lipide que j'ai pu me baigner dans le lac hier soir sans perdre ma chaleur. Je crains que mes jambes se dérobent, je m'assieds sur un tabouret. Disséquer, c'est marcher à reculons, remonter le temps. Nous traversons ce vaste territoire, voyageons dans un labyrinthe à la recherche de nous-mêmes.

Les médecins font pivoter la tête. Depuis ma place, j'ai l'impression que la cage thoracique se gonfle et s'abaisse, qu'un être remue dans son sommeil. V se met aussi au travail. Je vois des archéologues, fouillant précautionneusement la terre, désensablant de précieux vestiges. Je devrais appréhender ce moment, mais je me sens en sécurité, porté par la force d'une équipe soudée. Nous sommes sept, six vivants et un mort.

Regarder c'est bien, disent mes hôtes, mais pour comprendre il faut toucher. On me tend deux paires de gants chirurgicaux, j'enfile les bleus dessous, les blancs dessus. Mes doigts paraissent gonflés, ils ressemblent à ceux du mort. Un médecin pose ses mains sur les miennes pour me guider. Ma main gauche saisit fermement la peau de l'avant-bras, à l'aide d'une pince ; ma main droite gratte avec le scalpel pour la détacher. Je suis surpris de ne pas avoir mal, j'ai le sentiment que nous sommes les membres d'un même organisme. Le médecin qui dirige mes gestes commente : *Je racle, je ne fais pas de caresses.*

Le revers, satiné et pâle, piqué d'une multitude de petits cratères, les follicules pileux, évoque l'envers de l'enveloppe écailleuse des litchis. Personne n'a jamais caressé cet homme sur le verso, me dis-je. J'ai la sensation en le disséquant que nous sommes indéfectiblement liés. Le tégument s'enroule sur lui-même – sur un rouleau, une partie du pubis, des poils noirs. Il forme un drapé antique. Un mélange d'eau et d'éthanol s'accumule dans ses plis, ruisselle sur le plateau en inox et parfois au-delà, malgré nos précautions. Un médecin éponge le sol.

La peau de l'avant-bras commence à sécher, à se racornir. Translucide, elle laisse filtrer la lumière.

Il y a de l'eau dans le creux du nombril. Puis lorsque tout a été creusé autour, le nombril devient un petit monticule. L'homme sur la table ressemble de plus en plus au jeune homme du carton à dessins.

Sur le sternum, une médecin découvre une pile – un câble très fin la relie au cœur profondément enfoui. Je change de gants pour prendre des notes, me souvenir des récipients en fer-blanc, du grand conteneur en plastique, des taches sur nos blouses.

L'instrument utilisé pour briser les clavicules me laisse pantois. Hier encore, j'ai taillé les gourmands des plants de tomates avec un sécateur semblable à celui-ci. Le bruit : une branche ou une noix que l'on casse. J'aide à découper le cartilage du plastron – les lames se referment sans effort, on dirait un tissu épais, carton, feutrine. Isolément, les côtes sont fragiles. C'est lorsqu'elles sont imbriquées, enchâssées, que la cage thoracique résiste. Elle est à la fois solide et souple, elle peut se gonfler, s'abaisser, changer de forme sous un sanglot ou un éclat de rire.

Un médecin chargé de la formation en morphologie dévoile la plèvre. Les poumons grisâtres, aubergine, ne semblent pas avoir été bien fixés par les produits de conservation. Ils présentent des veinures de couleur anthracite et argent. En creux, on voit la marque des côtes ; l'homme éprouvait de la difficulté à respirer, souffrait d'emphysème, les poumons luttaient pour se déployer, à l'étroit dans leur cage. Un fumeur.

Tout ce que le corps absorbe, il le fait par des échanges à travers la peau : celle des poumons, celle des organes de la digestion.

Le palpitant est dévoilé. Nerf phrénique, péricarde, crosse de l'aorte – une seule branche, qui se ramifie. L'organe est prélevé. La responsable de l'unité, spécialiste de la mort subite cardiaque, le tient dans ses mains, m'explique comment fonctionne la circulation sanguine. Je n'arrive pas à me concentrer, je ne parviens plus à prendre de notes, je regarde le pendentif qu'elle porte autour du cou, en forme de cœur.

Je raconte à F ma visite à l'UFAM. Je parle du sécateur, de la feutrine, des poumons argentés. Je lui dis à quel point je suis sous le choc, ébahi de ce que peut un cœur.

La pâte à pizza qu'il a préparée lève à la cuisine. Il me demande si je peux couper les tomates et aller chercher le basilic au jardin. Je lui propose d'ouvrir une bouteille de vin rouge. Nous mangeons sur le balcon.

Le soir, je me remémore la texture de la peau fine du ventre, des avant-bras, celle d'un ancien papier pour recouvrir les cahiers d'école, monochrome, mat, couleur chair ; doux et frais, comme s'il était ciré. Désormais, mon enfance est liée à cet homme étendu sous une bâche bleue. Je n'arrive pas à dormir, j'écoute les battements dans ma poitrine.

11

Lausanne, 29 juin 2023

Plusieurs jours durant, j'ai l'impression d'être imprégné par l'odeur de l'éthanol.

Ma mémoire travaille, comme le bois. J'ai plusieurs âges en même temps. Lorsque je regarde mes mains, mes bras, je peux deviner les jours anciens sous ma peau, en transparence.

En 1989, C voit son premier mort. La même année, à la télévision, je découvre la dépouille de Ceaușescu, le dictateur roumain exécuté un 25 décembre. J'ai neuf ans, presque dix. Couleurs verdâtres, sales, de la vidéo du simulacre de procès dans une classe d'école. Puis son buste dans la poussière, les yeux ouverts, pli rouge de la cravate hors du manteau. Pendant des mois, je sens des crampes dans ma poitrine. Je pense que la mort est contagieuse. Lorsque la crampe survient, mon instinct m'intime de ne pas bouger, de respirer le moins possible, de faire le mort pour que la mort passe son chemin. Ma mère prend rendez-vous chez le docteur. *Ce sont tes côtes qui grandissent.* Il prescrit du magnésium.

Mon grand-père Henri m'emmène dans son Audi verte faire le tour de la ville pour voir les décorations de Noël. C'est l'unique fois où nous sommes seuls tous les deux hors de la maison. J'aime lorsqu'il enclenche le signophile, son tic-tac de métronome, assis à l'arrière, je me penche pour apercevoir les lumières. La nuit est vertigineuse et gluante, mais je suis à l'abri, au chaud. Me revient cette expression de ma grand-mère Odette: *On est comme des coqs en pâte.* Pas certain que les coqs en pâte soient si bien lotis. J'entends cette phrase que mon grand-père aimait chantonner: *Bzzzz, Bzzzz, fredonnait la mouche sur son petit tas de fumier.* Ce qu'il reste des empires, à la fin, et des dictateurs.

Sur mon bircher du matin, F a placé des cerneaux de noix pour me montrer qu'il pense à moi. Aujourd'hui a lieu ma quatrième visite à l'UFAM. Dissection du cerveau.

Je n'ai pas assisté à la dissection de l'abdomen. J'avais peur des odeurs, des sucs gastriques. Le médecin responsable des corps résume le travail effectué en mon absence. Devant moi, il ouvre l'abdomen déjà disséqué comme un coffre, déroule la longue frange des intestins, algue jaune de plusieurs mètres de long, me laissant émerveillé, hébété. Il faudrait réapprendre l'art divinatoire des Anciens – les aruspices savaient lire les secrets du passé, du présent et de l'avenir dans les entrailles ou la forme d'un foie. Découvrir qui était le jeune homme sans nom dans la chair d'un autre mort.

La calotte crânienne du corps 896 a été retirée. Surface plissée du cerveau, transparente, de ravioli vapeur. J'aide à couper délicatement ce qui le retient à la boîte crânienne.

Cette opération achevée, on me permet de le soupeser pour la seule fois de ma vie.

Pour vérifier qu'il a bien été fixé par le produit de conservation, nous le débitons en fines lamelles à l'aide d'une mandoline – dans le plat en inox, les tranches rappellent des coraux découpés de Matisse.

À la fin, il ne reste rien de cet homme.

Durant des siècles, les anatomistes ont cherché le siège de l'âme : elle est sous nos yeux, nous ne la voyons pas. Elle se trouve dans la peau elle-même. « Ce qu'il y a de plus profond, dans l'homme, c'est sa peau. » Cette phrase de Paul Valéry m'accompagne depuis que j'ai commencé à écrire sur l'écorché. Notre cœur ardent, c'est notre enveloppe, la membrane par laquelle le monde vient à notre rencontre.

L'homme écorché fait affleurer mon corps d'enfant, laisse apparaître les corps passés, entrevoir les corps futurs. Notre peau est-elle la même à travers les âges de la vie ? La même et une autre.

J'ai cinq ans, je saute dans un massif de roses. Elles embaument. Si je bouge, les épines me déchirent. Ma grand-mère Odette et ma tante Muriel désinfectent les nombreuses écorchures. Je grandis, les cicatrices s'élargissent, disparaissent – elles réapparaissent subrepticement aujourd'hui lorsque je pense au contenu du carton de C.

Petit garçon, je m'inquiète de découvrir que j'ai un prépuce – il a poussé durant la nuit, la peau continuera de croître, soudera ma bouche et mes yeux. Je ne pourrai plus aller aux toilettes. Ma mère appelle mon père pour qu'il me rassure. Il me montre qu'il possède un prépuce, lui aussi. La petite lanière ne va pas croître davantage, me recouvrir, m'étouffer comme un sac.

Menton fendu, deux fois. La première dans la baignoire, je chute du pont suspendu construit avec le tapis de bain à ventouses. Je ne ressens aucune douleur, mais la vue du sang dans la mousse me fait pleurer. La seconde sur une plaque de glace, devant l'école, poussé par un camarade. La maîtresse me gronde, dit que ce n'est rien, mais pendant la classe change d'avis en voyant le sang couler et appelle mes parents. Par deux fois, à l'hôpital, je sens l'aiguille et le fil me traverser.

Je pense au conte où la peau du ventre du loup est découpée avec les ciseaux de mère-grand. Le Petit Chaperon est libéré, intact. La panse est remplie de cailloux puis recousue.

J'ai dix ans et les garçons imitent ma façon de parler, de marcher. Pourquoi le préau de l'école est-il dépourvu de toute ombre ? Pas un arbre, rien pour se cacher. Ma mère a fréquenté la même école. Elle venait de la ville, elle portait les cheveux courts, on lui jetait des pierres.

Angoisse du dimanche soir : retourner à l'école le lundi, attendre le bus scolaire devant l'ancienne laiterie.

C'est avec des mots qu'on me frappe. Qu'aurais-je pu leur répondre ? *Pourquoi m'arrachez-vous au monde ?* Je commence à trembler. J'essaie de maintenir mes mains, mes jambes, calmes et immobiles, de faire taire le tremblement.

Je pleure en apnée. Lorsque je reprends ma respiration, les larmes coulent, chaudes, abondantes, autour de ma bouche ouverte, s'égouttent du menton. On dirait que je suis sale et que tout le monde le voit.

Comme le lézard brise sa queue, l'abandonne derrière lui pour faire diversion, occuper les prédateurs, les retarder – chaque jour, je laisse ma peau à mes camarades et pars me cacher.

La nuit, elle repousse.

J'ai onze ans. Premiers désirs de peaux. Celle d'un garçon appelé K, rougissant facilement. Impossible de le lui dire, il fuirait ma compagnie. Son corps sait courir, dribbler, rattraper un ballon, danser sur les terrains de sport. Il en impose par sa seule présence mais n'est jamais violent avec moi.

Freddie Mercury apparaît dans son dernier clip, *These Are the Days of Our Lives*, le corps très amaigri par la maladie. Sa grâce poignante et son élégance révèlent une force surhumaine. Il s'efface et pourtant s'affirme.

J'ai seize ans. M, son teint hâlé. J'écris mes premiers poèmes pour la décrire – une forêt, un jardin dans lequel je ne peux entrer. Je lui ai donné rendez-vous sur un banc, près de l'église. Qu'ai-je bien pu lui dire, pour qu'il accepte ? Il arrive sur son boguet, s'assied à côté de moi, m'écoute lire. Je rougis, j'ai la bouche sèche. Je ne sais pas ce que cela lui fait d'être aimé. Je mens, prétends que les poèmes ne sont pas la réalité.

Les mois suivants, il se révèle l'un des plus acharnés, avec ses insultes, comme si ce moment près de l'église n'avait jamais existé.

J'ai dix-huit ans. Je descends le chemin du Calvaire, j'ai mal dans les os des jambes. J'ai mal à la tête. Pour la première fois, j'achète une boîte d'aspirine. J'atteins rapidement la dose maximale. Après les cours, je vais me coucher tôt. Durant la nuit, je tombe évanoui dans mon studio.

Le lendemain, j'appelle ma mère. Elle vient me chercher pour m'emmener chez notre médecin de famille, le même qui m'avait prescrit du magnésium. Je ne peux presque plus marcher. La voiture est garée devant la porte. Je m'étends sur la banquette arrière. Dans les virages, le sang se déplace dans ma tête. La luminosité est si forte, on dirait que le soleil s'est approché de la terre. Le médecin nous envoie aux urgences. Il a compris et ma mère sait désormais. La douleur parcourt toute la surface, y compris la rétine et les tympans. Tout ce que je touche, vois, entends, me blesse.

La chambre est maintenue dans l'obscurité. Un rai de lumière se glisse entre les lamelles du store et me fore le crâne. Prise dans un étau, la boîte crânienne, tiendra, tiendra pas ? Je vois le casse-noix sur la table de la cuisine d'Odette – en décembre, nous mangeons des fruits à coque et des mandarines. Je ne peux m'empêcher de penser à des œufs de fourmi, ils se multiplient et me donnent la nausée. Je vomis dans un récipient appelé « haricot » et demande pardon. Avant d'entrer dans la chambre, les infirmières, les infirmiers, revêtent une combinaison. C'est l'unité où sont traités les sidéens. Pourquoi suis-je ici ? Dois-je être isolé, comme eux, pour ne pas risquer d'affaiblir davantage mon système immunitaire ? Suis-je contagieux ? Des étudiants en médecine viennent observer leur premier cas de méningite. Une professeure retire le drap, je suis certain d'être nu. Je suis couché, ils sont debout, à contre-jour, autour du lit. Ils me demandent mon nom et ma date de naissance. Je suis plus jeune qu'eux. On me les demande chaque jour pour savoir si la maladie affecte ma mémoire. J'aimerais me cacher mais chaque mouvement coûte.

Je suis vierge, mais dans mon état fiévreux, je suis convaincu que le sida peut se transmettre par le désir. Je demande pardon. Je revois les visages qui ont hanté mon adolescence, frères et sœurs vidés de leur substance – ne leur restait que la peau, si jeune et si vieille, que les gens avaient peur de la toucher.

Enfin, les médecins élaborent les bons antibiotiques. La fièvre descend. On ouvre une première lamelle du store pour me réapprendre le jour.

Lorsque je sors de l'hôpital, la lumière me fait mal aux os. C'est un éblouissement douloureux, une photographie non fixée, mangée par le soleil.

Mon épiderme mue, légèrement brûlé, il tombe en sable, comme durant l'enfance, lorsque la peau d'hiver, neuve, apparaissait sous le bronzage de l'été.

Je garde une sensibilité particulière à la lumière, au froid, aux atmosphères, aux choses impalpables. Je suis troublé par les bruits, les voix, les téléphones avec haut-parleur –

ils prennent toute la place, m'empêchent de penser. En contrepartie, c'est une chance d'être devenu perméable au chant du ruisseau ou du vent – je perçois une musique, derrière le bruissement des feuillages. Sa voix ?

La caresse de choses éloignées.

Le tremblement de mon adolescence ressurgit dans une chambre d'hôtel, à Gori, en Géorgie, en 2018.

Des chiens sans collier prennent le soleil devant le musée Staline. Le réceptionniste de l'hôtel ne prononce pas une parole, ni en géorgien ni en anglais, trace un chiffre sur un morceau de papier déchiré, bien inférieur à celui qui figurait sur la réservation. Sur les parquets recouverts de poussière de plâtre, les traces de mystérieux visiteurs gravissent un escalier en marbre, sous un lustre des années 1950. Pourtant, il n'y a pas d'autres clients, hormis F et moi, dans cet hôtel immense, rempli de gravats – les empreintes conduisent à des chambres vides, la lumière de Gori pénètre par les fenêtres sans rideaux.

Nous perdons consistance, nos corps semblent moins réels. Rien n'est préparé pour les voyageurs, ni draps, ni serviettes de bain, l'eau de la douche reflue et inonde le sol, la porte de la chambre ne se ferme pas à clef. Nous nous sommes trompés d'adresse. L'hôtel dans lequel nous avions prévu de faire halte se trouve dans la même rue, dans le même bloc d'immeubles, au même numéro, mais on y accède par une autre entrée. Il serait si facile de redescendre sous le lustre imposant, de gagner l'hôtel, le vrai, la chambre qui nous attend, mais nous sommes épuisés et appréhendons de nous retrouver nez à nez avec le cerbère de l'accueil. Un mélange de fatalisme et de crainte nous prive de nos forces et de notre jugement. Nous décidons de passer la nuit ici. Nous sommes deux et pourtant nous sommes seuls. Nous restons cloués dans ces lits sommaires, envoûtés, rattrapés par nos peurs.

En imagination, j'emprunte les longs corridors à la recherche de la sortie. Je fais le mort. Je parviens à m'enfuir dans le sommeil.

Après minuit, des voix stationnaires dans le couloir, derrière la porte, des hommes fument, parlent, se disputent ; le rez-de-chaussée abrite un casino miteux. Si l'on découvre que nous sommes deux hommes, dans cette chambre, nous aurons des problèmes, pense F, qui ne peut fermer l'œil.

Au petit matin, libérés du mauvais sort, nous quittons rapidement les lieux sans croiser personne. Aucun café, nulle part où acheter à boire, à manger. Il est sept heures, nous montons dans un vieux train russe. Quatre touristes polonais, deux couples, prennent un petit déjeuner devant nous. L'un des époux dit : « De jolies filles sont descendues à Gori, vous les avez manquées. Ah, mais cela ne vous intéresse pas, vous… » Pourquoi n'osons-nous leur demander à manger et à boire ? Pourquoi ne changeons-nous pas de compartiment ? Lors d'une longue halte, ils jettent de copieux restes aux chiens errants. Le cauchemar de la nuit n'est pas tout à fait terminé.

Lumière des champs de maïs – un souffle fait tressauter sans fin le rideau vert d'une fenêtre du wagon. La Géorgie saura nous consoler de cette nuit et de cette matinée éprouvante par des cadeaux, des rencontres généreuses, quelques fantômes bienveillants. Dans le train Koutaïssi-Borjomi, un jeune couple partagera un petit festin avec nous, notamment un *tklapi*, rouleau de pâte de fruits séchée au soleil que la femme déplie, comme un napperon, nous invitant à la savourer à quatre. En attendant, j'ai faim, froid, ferme ma veste jusqu'au dernier bouton.

J'ai laissé ma peau dans l'hôtel de Gori.

12

Lausanne, 22 février 2024

Une fois descendu du métro, je traverse un bosquet, un petit pont de bois, ralentis pour regarder la rivière, toujours à ciel ouvert celle-ci, la Chamberonne. Je ferme les paupières, mes yeux deviennent des galets.

J'ai rendez-vous à la bibliothèque. Dans la salle de consultation, deux anciens traités de dissection ont été sortis des réserves. Le premier montre un écorché debout. Il possède la grâce d'un danseur. À l'arrière-plan, des paysages, des bâtiments, des ruines antiques. L'écorché solitaire erre dans un désert ; il est du côté de la nature sauvage, comme les fous, les prophètes, les poètes. Quelques pages plus loin, il est pendu à une potence, une corde traverse ses orbites. Son diaphragme est présenté à côté de lui, sur la même planche – on dirait une raie marine. Ce livre de 1545 est une copie du célèbre *De humani corporis fabrica* de Vésale, publié à Bâle deux ans plus tôt avec des gravures de Jan van Calcar, un élève du Titien.

Le deuxième ouvrage m'attire d'emblée pour sa couverture, son cuir à l'aspect brûlé, comme s'il avait passé par le feu. L'humidité a fait monter les sels du tannage en surface, une couche argentée et dorée, lui conférant un lustre opulent et délabré. Avec les siècles, il s'est contracté puis craquelé. Le volume est imposant comme la dalle d'une tombe. Ouvert, il dévoile un papier marbré à motif coquillé, formant des tourbillons blancs, jaunes, rouges, bleus, couleurs humorales. Je tourne les pages – elles produisent le claquement d'une voile tendue par le vent. Une gravure montre un écorché soulevant le bras gauche, sa position reprend celle d'une statue grecque. Sa verge est tombée, ses testicules demeurent. Plus loin, l'homme est presque réduit à un squelette, seuls subsistent ses muscles profonds ; sa cage thoracique ressemble à un gros œuf brisé ; ses yeux exorbités évoquent une figure de train fantôme. Derrière lui, une rhinocéros. Miss Clara est capturée en Assam alors qu'elle était encore bébé, puis transportée en Hollande en 1741. Elle devient une attraction lucrative dans toute l'Europe, jusqu'à sa mort, en 1758. Que fait-elle dans ce traité d'anatomie humaine ? L'écorché n'est plus seul. Il a une amie, et elle a le cuir épais.

Sur les pages vierges qui encadrent les illustrations de Jan Wandelaar, des taches, des ombres, des ondulations – l'encre des gravures a traversé le papier, des présences se laissent deviner, ces pages sont des seuils leur permettant de nous rejoindre.

Privilège rare, je peux accompagner le conservateur dans les réserves. Il me fait découvrir une collection de volumes reliés cinq siècles plus tôt de vélin presque translucide, prélevé sur des agneaux et des veaux nouveau-nés, ou mort-nés. Troupeau de livres ruminant leurs secrets.

Un ouvrage de bibliophilie attire mon attention. *Barabbas: paroles dans la vallée* de Lucien Descaves, publié avec de belles lithographies de Steinlen. Aurais-je deviné de quoi était recouvert ce petit roman ? À l'intérieur, une note manuscrite : « Cette reliure est faite d'un dos de peau de femme prélevé à l'École de médecine par le Dr René Gonin alors qu'il était assistant d'anatomie. » Je parcours les premières pages. J'entrevois un autre livre : *La Robe.* Sans date ni nom d'auteur. Sous scellé, consultation interdite durant les cent prochaines années à partir d'aujourd'hui.

Le soir, je fais des recherches sur René Gonin. Devenu docteur en médecine en 1919, il a été chef de clinique dermatologique à l'hôpital cantonal de Lausanne. Il a ouvert son cabinet à la fin 1923 à l'avenue du Théâtre 3. Les annonces dans la presse précisent : « Reçoit tous les jours de 1 heure à 3 heures et sur rendez-vous. » Pourquoi avoir choisi d'orner le dos et les coins de ce roman de peau humaine ? Pour représenter matériellement la vanité de notre condition ? Montrer, par ce trophée, sa puissance et sa supériorité de mâle, son pouvoir sur les corps soumis des patientes ? En touchant le livre relié de peau, je sens une légère décharge électrique. J'entends un cri de douleur, de colère.

Où se trouve la peau de l'homme dessiné par C en 1989 ? Attend-elle patiemment son retour ?

13

Lausanne, 23 février 2024 (matin)

La carcasse se détache sur un fond sombre. L'équarrisseur l'a éviscérée de sa lame. La peinture semble avoir été travaillée à la spatule, au couteau. La touche est visible, âpre, apparemment désinvolte et relâchée. Les coups de pinceau dans l'épaisseur de la pâte confèrent à l'œuvre l'aspect d'une viande à vif. Rembrandt a représenté ce sujet trivial, rebutant, sur une toile de grand format, en majesté, comme le portrait d'un riche marchand ou une scène biblique. Le corps du bœuf pendu à un cadre en bois semble rejouer une crucifixion, dans une variation profane et inversée. À l'arrière-plan, dans l'embrasure d'une porte, une jeune femme nous interroge du regard, s'amuse peut-être de notre réaction de surprise, de dégoût.

Je suis allé plusieurs fois admirer cette œuvre au Louvre. Fasciné par son poids de *réalité*. Comme si je voyais, sous les apparences, la chair nue, avec laquelle on ne peut tricher. Devant ce tableau, je me rappelle que j'ai un corps.

Je referme la monographie de Rembrandt.

À deux pas de l'Institut des humanités de médecine, où je vais emprunter des livres, je m'arrête devant un terrain vague. Il ne reste aujourd'hui des anciens abattoirs qu'un bâtiment administratif et un fragment de portail orné d'un bas-relief représentant un taureau et le jeune berger qui le mène à la mort. Ses yeux sont égyptiens. Sa tête, en partie couverte par une cape, ressemble à celle d'une madone. Pour atténuer cette douceur, l'artiste lui a façonné un bras résolument viril et épais – celui qui conduit l'animal.

La position de la bête de profil, ses petites pattes formant des triangles, rappelle les taureaux de la sculpture assyrienne. Plusieurs graffitis le recouvrent. Un sablier stylisé au pochoir, en rouge, invite à une grève « extinction rébellion », en octobre d'une année illisible.

Je passe avec ma charrette de livres. J'ai l'impression d'avoir volé un corps dans un cimetière.

Je suis venu aux abattoirs en 1999. Était-ce en fin de matinée, ou au début de l'après-midi ? Le travail était terminé, les lieux désertés, sans bêtes ni ouvriers. Dans la cour, un conteneur était empli de colonnes vertébrales de chevaux. Il suffisait de regarder, par la porte ouverte, les crochets au plafond, les rails sur lesquels ils étaient suspendus, les flaques de sang autour des grilles, pour comprendre ce qui se passait là. Une odeur pénétrante de graisse chaude, sucrée et de peur animale s'étendait dans la cour.

Je regarde les photographies. Mon téléphone tente d'associer l'écorché à d'autres visages, de l'identifier par son algorithme de reconnaissance faciale – l'appareil est inquisiteur, trop curieux. Une ombre apparaît. Ma silhouette se détache, reflétée sur la surface des tirages argentiques.

Ai-je le droit de réveiller un mort ? Sa famille et la société l'ont effacé. Qu'avait-il fait pour le mériter ?

Je fais défiler les dessins. À force de le nourrir de notre regard, de notre chaleur, il se met à bouger. Il est beau. Apollon, c'est lui. Le mythe est inversé.

Il y a des taches d'aquarelle sur un feuillet représentant les muscles de la cuisse. Vert d'eau, prune, argile fraîche, humeurs ténues déposées sur le papier. Elles viennent de lui, elles ont la transparence, la fluidité des pensées.

Au gymnase de la Cité, j'avais étudié le *Dit des trois morts et des trois vifs*, récit populaire de la fin du XIIIe siècle. Trois jeunes princes vont à la chasse. Chevauchant au milieu des bois, ils tombent face à face avec trois transis debout, des cadavres rongés par la vermine. Les apparitions les mettent en garde : vous deviendrez tels que nous sommes ; hors de l'adoration du Seigneur, point de salut. *Telz comme ung temps nous fumes, telz serez vous comme nous sommes.* Le monde se retourne comme un gant. Ces trois morts sont revenus prévenir les vivants. Il y a huit cents ans, « transir » signifiait « mourir », être « stupéfié » ; aujourd'hui, perdure le sens de « saisi » de peur, de froid ou d'amour.

Une photographie du jeune homme montre son flanc gauche – mais comment en être certain, chaque cliché pourrait être inversé. Elle révèle que sa main est retenue par un fil de pêcheur transparent, presque invisible. Sans cette attache, il se balancerait, oscillerait autour de son axe. Au fur et à mesure qu'on le dresse, il est pris de soubresauts, de tressaillements, les premiers pas d'une ronde très ancienne.

Je revois la cave d'une maison de campagne où je séjournais dans ma jeunesse.

Je descends chercher quelques pommes. Le souterrain est éclairé par une faible lueur. Par terre un objet remue, sans bruit; ma première réaction est de curiosité. Il s'agit d'un piège installé pour lutter contre les rongeurs: une boîte cylindrique déverse du poison par un orifice mais une souris a réussi à s'y introduire et à se gaver. Le grouillement des larves fait gîter la boîte; la vie est passée d'un seul corps à une multitude. Le cylindre dodeline, telle une tête, émet un bruit blanc presque imperceptible – des lèvres humectées qui s'entrouvrent, se referment.

14

Petit conte noir (suite)

Sur les portes de l'armoire, les taches se muèrent en un sous-bois paisible, peuplé d'écureuils pourvus de longues dents. Il alluma la radio, se prépara un repas. Il prévoyait de sortir, contrairement à ses habitudes. Aller dans un bar, ne pas rester seul, en proie à la tentation. *Il ne peut rien t'arriver, la robe protège celui qui la porte ; le monde s'ouvrira pour t'accueillir.* Il essaya de penser à autre chose, aux courses à faire, à la comptabilité, à la chute du Mur, dont tous les journaux parlaient. Il se figea, les couverts en suspension au-dessus de son assiette. Il se passait quelque chose – il éteignit la radio pour en avoir le cœur net.

Il entendit remuer. Les portes battaient très légèrement : quelque chose à l'intérieur s'impatientait, comme un oiseau prisonnier. Il y eut un silence, puis de petits craquements comme des coquilles de noisettes brisées. La clef tourna toute seule dans la serrure, émit un claquement métallique – dans un grincement, une plainte, une salutation, les portes s'ouvrirent. Un nouveau silence se creusa, plus profond. Un bruit sourd le fit sursauter : elle venait de choir sur le sol ! Elle rampait, elle le cherchait. De la cuisine, il entendit le halètement qu'elle produisait en se soulevant et en retombant, tel un poisson hors de l'eau. Il se précipita dans la chambre et lui demanda pardon.

Il décida une fois, juste une, d'enfreindre la promesse qu'il s'était faite.

Le tissu devint lisse, doux et tiède.

La robe lui donnait la consistance et la force d'une lame. Elle doublait chacun de ses gestes. Il n'était plus seul ; ils étaient deux. *Il est encore temps, range-la dans le meuble, cloue les portes, transporte l'armoire dans un terrain vague et brûle-la !* Il ne faisait qu'un avec cet autre, jamais il n'avait été aussi vivant, en harmonie avec le monde – le plaisir le secoua de tremblements. Son hôte ne relâcha pas son étreinte pour autant, buvait le suc qu'il lui offrait par vagues et s'en nourrissait. Il se laissa sombrer dans le sommeil, surpris de ne pas sentir les larmes de joie couler sur ses joues, mais à l'intérieur de lui.

15

Lausanne, 23 février 2024 (après-midi)

J'assiste aux travaux pratiques des étudiants de deuxième année. Ils ont l'âge du jeune homme écorché – en les regardant je le retrouve, lui. J'attends les professeurs à l'entrée et, chaque fois que la porte s'ouvre, l'odeur désormais coutumière vient à ma rencontre : acide formique, liqueur de prune. Vingt-deux corps sont alignés, en partie disséqués, quatorze femmes et huit hommes disposés de part et d'autre de la salle.

Des élèves regardent par l'embrasure, intimidés face à ce paysage vertigineux, monumental – une allée de sphinx. Des veilleurs, aux avant-postes du néant.

Nous rendons hommage à nos ancêtres, aux grottes de chair dont nous sommes issus, leur chaîne se perd dans la nuit des temps – nous avons passé par eux, nous étions eux, d'autres naîtront de nous.

À chaque table prennent place cinq ou six élèves de deuxième année, accompagnés par un camarade plus avancé. Ils travaillent sur le plexus cervical, cherchent des vaisseaux, de petites veines dans la région antérolatérale du cou, du thorax et de l'abdomen.

Je regarde autant les morts que les vivants, leurs visages jeunes et resplendissants. Des étudiants tentent de localiser un organe dans l'abdomen d'une femme. Le professeur plonge les doigts, se faufile entre les muscles. *Le meilleur scalpel, c'est la main, car on n'abîme pas les structures.* Je suis fasciné par sa précision, son habileté à se frayer un chemin.

Au centre de la salle, les étudiants peuvent venir observer un buste de démonstration, celui d'une femme sans jambes. J'essaie d'apprivoiser la courbe calligraphique de ses longs ongles bleuis. Le visage est emballé dans un linge de cuisine humide.

À la fin du cours, les chairs et les peaux sont repliées sur les poitrines, les morts recouverts les uns après les autres d'une bâche bleue. Les étudiants s'animent. J'admire la force du groupe, le plaisir d'être ensemble, d'apprendre. Une étudiante dénoue son onctueuse chevelure blonde, bouclée, retire sa blouse médicale. Au premier plan, devant elle, un squelette sur une potence.

Écuelles de métal heurtées contre les parois des conteneurs pour que les fragments se détachent et tombent dans les sacs. Tabourets empilés puis traînés sur le sol, rangés sous les fenêtres. Grondement de l'eau dans les éviers inox ; cliquetis des ustensiles de chirurgie. Au-dessus d'un lavabo, une pancarte : « Lavage des pièces humaines ici. »

Je reste dans la salle en compagnie de deux médecins. Ils soulèvent la femme aux longs ongles bleus, la déposent dans un chariot empli de liquide – elle disparaît, légers remous. Elle n'est pas seule, une deuxième femme cohabite avec elle. Leurs bustes se touchent. Se sont-elles connues, parlé, lorsque toutes deux elles vivaient ?

À la maison, je parle de l'allée de sphinges et de sphinx. J'explique à F qu'ils resteront là plusieurs mois, étudiés, disséqués, avant d'être transférés au crématoire de Montoie. Ils doivent être maintenus dans une certaine humidité, têtes, mains et pieds emballés dans des linges et des sacs en plastique.

F aimerait que je n'oublie pas ma part du ménage, le jardin, le lac, les amis. Je réponds «oui, oui». Cette nuit, personne ne travaille à l'unité facultaire d'anatomie et de morphologie. Un cafard arpente le linoléum. Une poitrine inspire, expire; une femme ouvre les yeux, croit voir le ciel. Ce n'est qu'une bâche bleue.

J'éteins et nous nous disons bonne nuit.

Je cherche comment écrire, opérer une greffe de mots, la cultiver, qu'elle soit élastique, qu'elle laisse respirer le jeune homme, le protège, lui rende une vie silencieuse, une identité, même lacunaire – lui restitue une ombre.

Quelques semaines plus tard, le temps d'un trajet en voiture sur le chemin d'un reportage, je parle du roman projeté à un collègue photographe. Je découvre qu'E a suivi le même cours que C, quelques années avant elle. Il se souvient que le médecin anatomiste Stanislav Gajisin répétait: *Je touche du bois, on n'a encore jamais eu de moisissures.* Le modèle, était-ce le même? Je lui montre les photographies de 1989. Non, c'était le corps d'un vieil homme. E parle d'un lambeau de cuir chevelu toujours attaché à la tête, au-dessus de l'oreille, qui le mettait mal à l'aise. Il décrit le fil qui traversait la tête et maintenait le corps à la verticale. Du saisissement, en traversant la ville, après des heures passées à dessiner un mort, de se retrouver parmi les vivants.

16

Lausanne, 21 mars 2024

Je souhaite être présent lorsque les étudiants en médecine sont confrontés à la mort, certains pour la première fois.

Introduction au corps et à la mort pour les première année.

Le professeur explique : « Il n'y a personne sur la table, nous allons observer des objets. Il n'y a personne à l'intérieur de ces pièces et de ces corps ». Une équipe d'étudiants plus âgés encadre les novices, offre du soutien et des Sugus. Discrètement, avec bienveillance, ils s'assurent qu'aucun participant ne reste à part, seul avec son malaise et ses peurs.

Environ cent vingt élèves sont présents dans la salle. Bruit de roulement : deux dépouilles sont déplacées sur des chariots. Elles sont recouvertes de bâches. Deux groupes d'étudiants se forment, répartis en plusieurs cercles concentriques. Les corps sont progressivement dévoilés. L'assistance demeure immobile, silencieuse, dans une tension d'une rare intensité – plus de cent vingt vivants et deux morts, un homme et une femme, Adam et Ève, un temps dilaté, spiralé, un questionnement muet – c'est une pliure, un passage capital dans la formation des futurs médecins. Combien de fois, plus tard, s'autoriseront-ils la même vulnérabilité ?

Le sexe de l'homme est foncé alors que le reste de son corps est couleur grès. Poils du pubis blancs, taches poudreuses sur les testicules. *Ce sera toi, ce cadavre. C'est toi. Il faut l'aimer.*

Je détourne le regard.

Avec une sorte d'impatience, une élève rompt l'immobilité. Alors qu'elle était proche de l'homme, elle rejoint la femme. La nudité de l'homme la gênait-elle ? Aussitôt, les élèves se mettent en mouvement. La première, la jeune femme ose toucher le ventre de la morte, les autres font de même.

L'immobilité et le silence se déploient à nouveau lorsque les visages sont découverts.

Des élèves, autour de la femme, font courir le bruit qu'elle a ouvert les yeux et qu'ils sont bleus. Les vivants touchent les visages des morts avec de petits gestes craintifs, pointus, tâtent la matière, la consistance. Je pose la main sur la cheville de l'homme ; je pose la main sur l'épaule de la femme.

À la fin de la séance, les élèves ôtent rapidement leurs gants et leur blouse, quittent la salle, se dispersent comme des oiseaux. Certains se plaignent de cette attente. *Pourquoi personne ne faisait rien ? C'est du temps perdu !* Au contraire, du temps gagné, immense, sans bords. Nous n'oublierons pas. Nous avons commencé à nous approcher de ces corps, lentement, pour les rejoindre.

17

Genève, 22 mars 2024

Aux Archives de la ville de Genève, dans la vieille ville, je consulte le fonds de l'École des Beaux-Arts. Une boîte de correspondance concerne le cours d'anatomie. Il a été créé en 1971. Les premiers temps, l'éminent professeur de médecine Jean-Aimé Baumann le dispense à titre gracieux aux étudiants des beaux-arts. « Je suis heureux de voir se perpétuer des traditions comme celle de Léonard de Vinci ou de Michel-Ange et des collaborations comme celle de Vésale avec l'atelier du Titien ! » écrit-il au directeur des écoles d'art, Michel Rappo, le 19 août 1971.

Je retrace l'historique du cours.

La volée de 1976 est traumatisée. Elle a été mise en présence des corps abruptement, sans être préparée ni accompagnée par un médecin anatomiste, et sans recevoir de leçon théorique. Thérèse Houyoux-Grosclaude écrit au directeur : « Il s'est produit un phénomène collectif de trouble, de gêne profonde et d'aversion, les étudiants n'étant pas en mesure de reconnaître ou d'identifier – d'ÉTUDIER –, mais seulement de VOIR. Ceci ne s'est jamais produit auparavant, sinon de façon individuelle. Nous pensons qu'une préparation permet, face à la matière, une abstraction qui prévient ou limite le choc par la suppression de la vacuité de l'esprit.»

La classe de 1981 est plus téméraire. Le 4 mars 1981, Thérèse Grosclaude adresse un message aux artistes en formation: «Lors de notre dernière séance à l'École de médecine, un squelette de main a disparu. Ça m'arrangerait bien de le retrouver au plus vite, par exemple dans mon casier... À bientôt.»

Dans la boîte figurent des listes d'élèves, mais pas pour la volée de 1989. Cette année-là, le cours a lieu le lundi entre 14 et 18 heures à l'Institut d'anatomie, du 6 février au 2 juin. La première heure est consacrée à une initiation théorique, les trois autres au dessin. Le programme a été établi par le Professeur Stanislav Gajisin:

février 1989: Introduction, squelette.
20 février 1989: Les membres supérieurs (épaule, bras).
27 février 1989: Les membres supérieurs (avant-bras, main).
6 mars 1989: Le tronc (face antérieure).
13 mars 1989: Le tronc (face postérieure).
10 avril 1989: Les membres inférieurs (cuisse et genou).
17 avril 1989: Les membres inférieurs (jambe et pied).
24 avril 1989: Le cou.
8 mai 1989: La tête.
22 mai 1989: Récapitulation.
29 mai 1989: Dessin sur modèle.
5 juin 1989: Dessin sur modèle.

En 1991, ils sont douze à apposer leur nom sur la fiche d'inscription. Mais une note au stylo stipule: «Écrire pour dire que c'est reporté au semestre prochain. » Le cours sera supprimé. La boîte d'archives ne contient pas de documents plus récents. Assiste-t-on à un changement de sensibilité, de mentalité, au sein de l'école ? On ne dessinera plus les morts.

18

Lausanne, 11 avril 2024

Quelqu'un vient – c'est un autre jeune homme.

J'ai quatorze ans. Nous allons au restaurant avec ma grand-mère Odette. « Grand-mère », elle n'aime pas, ça fait « vieux ». Elle préfère « mamie ». Elle a le pouvoir de remonter le temps. « Regarde », dit-elle en tendant son visage avec ses mains. Elle m'appelle « ma pétole », « mon chéri », « mon soleil ». Elle insiste pour que je prenne un dessert.

Une fois les plats débarrassés, elle utilise son set de table en papier pour tracer un plan ; ses longs ongles mauves gravent des rues, des carrefours, des places. Elle me fait découvrir la ville de sa jeunesse. Elle me parle d'Odilon, son oncle et parrain. Elle est la seule à perpétuer sa mémoire. Elle forme un cercle, une croix au centre : Odilon est mort ici, dans un hôtel de la place Saint-Laurent. Sa silhouette et celle de l'écorché se superposent.

« La jalousie », chuchote Odette à voix basse, sa bouche se crispe comme si elle avait mal, ajoutant « une fille facile ». Des mots suspendus, en pointillé… Au début des années 1930, Odilon est palefrenier au manège de la rue Églantine, à Lausanne. Mamie soupire de chagrin et d'admiration :

« Un rudement beau garçon. » Elle a dix ans, lui vingt et un. Lorsque Odilon lui rend visite, il lui demande : « Quelle main veux-tu, ma pernette ? » Elle ouvre les paumes devant sa poitrine. Son parrain laisse tomber une pluie de centimes suisses de l'époque, en bronze, on dirait une pluie d'or. Ce n'est pas la valeur de l'argent qui compte, même si Odette et mon arrière-grand-mère Angèle vivent très modestement. Odette associe la bonté d'Odilon, sa beauté, sa présence protectrice, à l'odeur de métal précieux. Les hommes autour d'elle, son père et son frère, sont violents et lâches, mais Odilon est bon – une lumière dorée émane de lui.

Personne dans la famille ne veut le veiller, ni les parents du jeune homme ni son frère Fernand. Personne, à part sa sœur Angèle. Elle l'accueille dans leur petit appartement. Sa dernière chemise est repassée avec soin – mon arrière-grand-mère est lavandière et repasseuse. Odilon paraît encore plus grand, étendu dans son cercueil, dans la chambre à vivre.

Odette plie méticuleusement le napperon en papier – la ville et le passé se rabattent – ses secrets ne pourront plus s'échapper et la laisseront en paix un moment.

Elle me donne une petite enveloppe avec de l'argent de poche. Il y a un cœur sur l'enveloppe, mon nom au milieu. Les centimes en bronze ne sont plus en circulation.

Dans l'immédiat, je ne peux rien apprendre de plus sur l'inconnu dessiné par C. J'emprunte d'autres voies, détournées. Le texte se gonfle, comme un vêtement. Qui va là ? Qui remue dans l'obscurité ? Un autre mort, dont il faut raconter l'histoire.

La Feuille d'avis de Lausanne du 4 avril 1932 me renseigne. Juste avant la rubrique « Spectacles – Concerts – Conférences », annonçant des « représentations officielles du Grand Guignol » venu de Paris jouer un « drame angoissant » intitulé *Vers l'au-delà*, je tombe sur les « Décès ». À la date du 27 mars figure le nom de mon ancêtre « René-Odilon Volery, d'Aumont (Fribourg) ». Je remonte les éditions du journal. Le 29 mars, son histoire, anonymisée, est titrée « Un drame passionnel ».

« Samedi soir, un jeune couple entrait dans un restaurant lausannois pour y prendre le café. Rien d'anormal dans leur attitude. À minuit, il monte à l'hôtel où il avait souhaité passer la nuit.

Dimanche matin, aux environs de 8 heures, le portier et des voisins ont l'attention éveillée par des coups de feu et des râles. Ils veulent pénétrer dans la chambre. Mais la clef est en dedans et la porte fermée. Le téléphone joue et la police intervient.

La porte est enfoncée et le drame apparaît dans son horreur. Lui est étendu derrière la porte, la tempe trouée et la bouche ensanglantée par deux coups de feu qui paraissent successifs ; elle gît près de la fenêtre, deux balles dans le dos.

M. le Docteur Dolivo, appelé d'urgence, ne peut que constater le décès. Sans doute la jeune femme a-t-elle voulu fuir, appeler au secours sous la menace du revolver. Elle a été tuée par-derrière. Lui s'est fait justice. Une lettre était sur la table qui donne, sinon la clef du drame, du moins une explication : "J'ai tué ma fiancée parce qu'elle me trompait."

Elle était âgée de 24 ans, dactylo chez un entrepreneur de la haute ville et habitait Renens. Le jeune homme âgé de 22 ans, présentement sans travail, logeait à Montétan. »

Mes yeux parcourent la publicité publiée immédiatement à droite de l'article, juxtaposition absurde : « Si chacun buvait chaque matin sa tasse de café au malt Kneipp-Kathreiner, il n'y aurait bientôt plus aucun nerveux sur la terre ! »

Je ne partage plus du tout l'admiration de ma grand-mère pour Odilon. La mort du jeune homme écorché pourrait me surprendre, elle aussi. Un frisson court le long de ma colonne, jusqu'à mon crâne. Qu'a-t-il fait pour être renié ?

Je continue d'enquêter sur son double. Où se trouve l'hôtel de l'Étoile ? Le bottin de Lausanne de 1932 indique : Saint-Laurent 5. Téléphone : 27 669. Il occupait les numéros 5 et 7 de la rue. Il a été démoli lors de la construction du grand magasin La Placette, devenu Manor, ouvert en 1952. Le 5 et le 7 d'hier ne correspondent plus au 5 et au 7 d'aujourd'hui – la ville est un palimpseste.

Le Droit du peuple du mardi 29 mars 1932 précise : « Ils devaient se fiancer le lendemain, dimanche de Pâques... »

Aux archives de la ville, les pages de garde du « Registre des inhumations » sont ornées d'un papier marbré évoquant des fumerolles – des âmes quittant la terre ? Odilon est présenté comme « palefrenier ». Il est né le 12 décembre 1911. Le jour de sa mort, il avait bien vingt et un ans. Le décès est survenu « vers 9 heures » à l'hôtel de l'Étoile. Le plus émouvant, c'est sa présence à elle, sur la ligne du dessous : Rosa Engler, originaire de Stein, en Appenzell, née le 7 octobre 1908, fille d'Otto et d'Ida, née Lienberger. En rouge, la mention « Direct au crématoire ».

J'écris aux archives cantonales. La réponse arrive quelques jours plus tard. Dans le fonds du juge informateur pour la période concernée, l'enquête est classée, « conclue par un non-lieu, le 16 mai 1932 ». Le dossier n'a pas été conservé. Rien non plus dans les archives du ministère public. La lettre n'existe plus. Je ne dispose d'aucune photographie d'Odilon. Je pensais qu'il donnerait un visage au jeune homme du cours de dessin.

La pensée se structure par collages – les petits blocs de sensations, de souvenirs forment des archipels : l'écorché, la beauté d'Odette, l'éclat du bronze, un fait divers violent, un mort par arme à feu, une chemise parfaitement repassée, le prénom du peintre Odilon Redon, un poème de Rimbaud, *Le Dormeur du val*, dans lequel un jeune soldat « a deux trous rouges au côté droit ».

Je vois ma grand-mère repasser, à côté de la table de la cuisine, reproduisant les mêmes gestes que sa mère, Angèle. Je nous revois, elle et moi, jouant aux échecs sur cette table, lorsqu'elle me parlait d'Odilon.

Ils demeurent dans cet hôtel fantôme, dans une chambre murée, oubliée entre deux cloisons du grand magasin. Rosa continue d'essayer d'ouvrir la fenêtre. Ce qu'elle découvre, à la fin, c'est ce matin de mars ; temps froid, juste au-dessus de la limite du gel, beau et paisible, selon le bulletin météorologique des chemins de fer fédéraux.

Le soleil est levé.

19

Petit conte noir (suite et fin)

Il se réveilla et commença à se préparer, comme chaque matin, puis surprit son image dans le miroir. Qui était cet inconnu qui occupait sa chambre ? S'apercevant qu'il n'avait pas retiré la robe la veille au soir, il voulut prendre congé d'elle. Elle adhérait si bien à son corps qu'il eut peur de la déchirer. Il saisit ses pectoraux, essaya d'ouvrir sa poitrine, sans succès. Il empoigna ses hanches et chercha à s'en dégager, tira de toutes ses forces jusqu'à crier de douleur. À l'intérieur, il transpirait à grosses gouttes. Il sentit une présence qui l'arrêtait, posait doucement, mais fermement, ses mains sur ses propres mains pour les maintenir au repos, étreignait ses membres, lui coupait la respiration – il tomba sur le sol. Il craignait d'arriver en retard au travail. Pouvait-il se présenter sous d'autres traits, sous une autre apparence ?

Il reprit lentement son souffle, se releva, s'habilla, se chaussa, passa son manteau, mit son chapeau, sortit sur le palier et descendit l'escalier. *Marche et tiens-toi droit !* Il supplia la robe de lui rendre sa liberté. Il fallait se hâter, il n'était jamais arrivé en retard au bureau, sauf pendant le redoutable hiver de 1985, lorsque les chutes de neige avaient été si abondantes qu'on faisait du ski en pleine ville, à la rue du Petit-Chêne.

Ils marchaient sur un trottoir, le long d'une avenue. Elle ne lui prêtait plus attention, semblait l'avoir oublié. C'est elle qui décidait de tout.

Elle lui demanda de lire le nom des rues. À un rond-point, ils attendirent le feu vert. Elle s'impatienta et s'élança sur la route, presque sous les roues d'une voiture. Elle s'immobilisa devant la véranda d'un restaurant, souhaitant qu'il lui décrive les clients attablés. Elle cherchait sa vie d'avant, dont il ignorait tout. Elle éprouvait une tristesse infinie face à ce monde qu'elle ne reconnaissait plus et il fut saisi de compassion.

Lorsqu'ils passèrent devant un arrêt d'autobus, où une petite foule attendait, il cria de toutes ses forces pour qu'on lui vienne en aide. La robe ferma brutalement sa mâchoire et ses paupières. Son cri demeura captif.

Au fil des jours, la robe tentait de l'apaiser. Elle lui permit de découvrir peu à peu les villes, les paysages, les temps, qu'elle avait traversés. Les chemins engrammés en elle, année après année – leurs tracés perduraient, même si les lieux auxquels ils conduisaient n'existaient plus.

Durant les semaines qui suivirent, ils apprirent à déchiffrer réciproquement leurs pensées. Elle l'invitait à contempler les nuages, les arbres, les gens. À manger des aspics aux anchois et des rondelles de réglisse, aliments pour lesquels il n'éprouvait, au début, pas la moindre appétence, mais dont il devint friand. Ils fréquentèrent les librairies et firent l'acquisition de recueils de poèmes.

Ils vécurent heureux, la peau et lui. Leur existence sembla en contenir plusieurs.

Les taches de l'armoire ne variaient plus, elles présentaient un paysage de montagne brumeux et apaisant.

Après des décennies, les jours déclinèrent, crépuscule doré et flamboyant. Alors elle le conduisit à Genève, à l'intérieur d'un tram qui bifurquait, se pliait comme un soufflet. Il reconnut les immeubles de la cité du Lignon, la pointe de la Jonction, la réunion des eaux de l'Arve argileuses, avec celles du Rhône vert et bleu. Il vit les tourbillons du Rhône – le fleuve sortait du lac et se reformait sous le pont de la Machine, nouait de vastes lassos, échos des courants souterrains des mythiques Achéron, Léthé ou Cocyte.

Il se sentit fatigué, courbaturé, mais il était confiant dans l'événement qui se préparait.

Ils quittèrent la ville et s'isolèrent dans la forêt.

La robe semblait avoir retrouvé sa pleine jeunesse, sa beauté, elle était comme un champ fraîchement recouvert de neige, sans défaut – une page vierge.

Elle se recroquevilla dans le bois, en secret, et commença à cracher des osselets, puis à rejeter des ossements plus gros. Petit à petit, un squelette complet suivi – le crâne et surtout le bassin furent les plus laborieux à faire passer. Elle avait achevé sa mue. Le vent la souleva dans une danse de joie – puis la roula en boule.

Des oiseaux l'utilisèrent pour confectionner leur nid.

Elle devint une outre gonflée de nuit et de rosée.

Puis le vent s'amusa à la déplier à nouveau, l'emportant plus loin, souffla à l'intérieur, comme dans un instrument de musique. Les bêtes et les présences écoutèrent son chant.

La peau aimait être effleurée sur ses deux faces par les feuillages, les mousses, les bêtes, les insectes – elle continuait de penser, ressentait la lumière, le froid, l'humidité, la nuit, l'aube. Elle resta accrochée à la branche d'un arbre, oriflamme superbe et orgueilleuse, le visage plat, les yeux et le sourire dilatés – jusqu'à ce que je la trouve.

Elle semblait m'attendre.

Je l'ai emportée dans mon appartement. Sur mon lit, je l'ai caressée, je suis entré en elle. Elle est incroyablement douce. Elle m'enseigne le sombre récit crypté dans ses fibres, la trame du temps, les vies de ses anciens propriétaires, le secret des générations, loin en arrière, jusqu'à la grande nuit. Elle se nourrit de ma substance, je dois continuer de la porter pour connaître la suite de l'histoire.

20

Genève, 28 juin 2024

Journée très chaude de la fin juin. Nous marchons avec C jusqu'à l'ancienne École de médecine. Sur le fronton, ces mots, gravés depuis 1875 : « Physiologie » et « Pathologie » encadrent « Anatomie », sous les armoiries de Genève. En 1970, une tour de dix-sept étages abritant la télévision a été inaugurée juste à côté.

En quête de fraîcheur, nous descendons à l'ombre du bosquet qui borde l'Arve voisine, blanche, laiteuse. Sur l'écorce d'un arbre, je m'amuse à deviner la forme d'un œil humain. Puis nous retrouvons V devant le bâtiment.

À l'intérieur, C reconnaît le pavement. Sur le marbre rouge, les veines forment la crête de vagues ou de sommets montagneux. Plusieurs portes lui semblent familières, mais près de trente-cinq ans se sont écoulés, les lieux ont changé d'affectation, ils sont occupés par les bureaux et les laboratoires de la faculté des sciences. Sur les photographies, nous cherchons des détails – lambris, encadrement de fenêtre, gradins d'auditoire – qui permettraient d'identifier la salle où le cours se déroulait. Pas le moindre indice. Je me surprends à penser qu'il est encore là – il a été oublié, toutes ces années durant, dans un caisson de formol, dans une réserve poussiéreuse.

Il aurait fallu placer dans sa bouche une pièce de monnaie pour la traversée. Préparer un plat de nourriture et le déposer près du caisson, avec les présents nécessaires : vêtements, carte géographique, armes, parfums, bijoux, lampes à huile. Il aurait fallu prier pour son âme, s'assurer qu'elle était bien de l'autre côté, effectuer le rituel qui lui aurait permis de vivre, de parler, de continuer son chemin au-delà. Refermer derrière lui la lourde porte de bronze, d'un coup sec, tourner trois fois la clef. Mais la porte était restée entrouverte – quelque chose n'avait pas été accompli, le voyage n'avait pu avoir lieu.

La nuit remue – le couvercle est repoussé, comme la dalle d'une tombe. Le niveau du liquide s'abaisse brusquement dans le caisson – sur le sol lentement s'évaporent les traces de pas. L'air est doux, lorsqu'il sort du bâtiment – pourtant il brûle. Il marche dans la ville endormie. Il ne peut plus toucher ni être touché – il a été arraché au monde.

Il pénètre dans le bosquet, au bord de l'Arve. Patiemment, il se fabrique un tégument avec ce qu'il trouve, sable, mousses, chatons de saule, petits coquillages, écorce de bouleau, mue de serpent, ailes de libellules… Il devient un être composite et merveilleux.

Il se fond dans la végétation et observe. Peu à peu, sa nouvelle peau lui permet de sentir, de percevoir des choses éloignées dans le temps et dans l'espace, que les vivants ignorent. Il voit leur avenir.

Alors que je suis plongé dans mes pensées, C et V parlent de l'odeur des morts ; le bâtiment, aujourd'hui, n'a plus d'odeur. Nous traversons la ville à pied, V évoque avec admiration son enseignant Jean-Aimé Baumann. Devenu professeur d'anatomie en 1947, il décrivait le corps humain en le dessinant au tableau noir, soit de la main gauche, soit de la droite, tout en faisant des calembours. Son savoir résidait autant dans ses mains que dans sa matière grise.

J'ai réservé trois places dans le café que je préfère à Genève. Nous déjeunons sur la terrasse en parlant du jeune homme. Nous imaginons quelle a pu être sa vie et comment il est mort.

Après le repas, nous prenons congé de V.

C me conduit à l'ancienne École des Beaux-Arts, au 22, boulevard Helvétique. La porte principale est fermée, mais une autre, côté cour, est ouverte. Les volées d'élèves ont été remplacées par des troupes de théâtre. La salle de classe de C se trouvait tout en haut, sous la lumière naturelle des verrières. Plus nous gravissons les escaliers monumentaux, plus il fait chaud. La sueur coule dans mes yeux.

Des taches rappellent la précédente affectation du bâtiment. Sur le dernier palier, de petits supports – des objets, des toiles ? – ont été peints à même le dallage avec des bombes aérosol. Restent leurs empreintes, lacunes cernées de couleur. Les lieux semblent abandonnés ; un écriteau indique « Entrée interdite ». Voyant que j'en ai envie, mais n'ose pas, C abaisse la poignée pour moi. Un couloir, des casiers éventrés – elle m'interroge du regard, mais je suis incapable de faire un pas ; elle entre, traverse lentement le couloir. *C'est là*, essaie d'ouvrir son ancienne salle de classe, fermée à clef. Nous pouvons aller jusqu'au seuil du passé, nous ne pouvons y pénétrer. Elle écoute à travers la porte.

J'ai vingt-sept ans. Je marche avec Y dans la forêt de l'Hermitage, à Lausanne, jusqu'au tunnel du funiculaire désaffecté. En pleine journée, une béance se creuse. L'haleine froide, la bouche d'ombre m'intime, sans mots, l'ordre d'approcher – en moi, une autre ombre monte, se reconnaît. Cent trente-cinq mètres de souterrain en pente ascendante – plus je m'enfonce, plus il fait noir. Le sommet a été muré, le col obstrué ; j'ai peur que cela se referme derrière moi, que les wagons du funiculaire Belle-Époque se remettent en mouvement dans un grincement. Je crains que ma visite réveille quelqu'un ou quelque chose.

J'ai quarante-trois ans. Je me glisse dans un hôtel abandonné à Eaux-Bonnes, ancienne ville thermale des Pyrénées. Le hall a été saccagé, de la mousse jaune isolante pend des lambris éventrés. Je voudrais explorer plus avant le royaume des ombres, même si je sens un danger. En franchissant cette limite, tout retour en arrière devient peut-être impossible.

Ce cauchemar récurrent : je me réveille, je suis resté endormi très longtemps, ceux et celles que j'ai connus et aimés ont disparu.

C m'appelle, me demande si ça va. Au rez-de-chaussée, dans le hall de l'ancienne École des Beaux-Arts, je me perds dans la contemplation des méandres d'un marbre en trompe-l'œil, des filaments blancs sur fond noir, une toile d'araignée, des synapses agrandies au microscope. J'aimerais savoir les lire, comme les sentiers d'une carte. Elle me montre l'armoire, près de la cafétéria, où elle entreposait des sandwichs. Chaque jour, pour financer ses études, elle en vendait à ses camarades et à ses professeurs. Elle se levait tôt pour les préparer.

Il fait lourd, l'air macère au-dessus de la ville. Nous nous asseyons à l'ombre, C me raconte ses amis de l'époque, ses travaux de diplôme, la joie de ces années à Genève, la musique qu'elle écoutait : Gianna Nannini, Nina Hagen, Bérurier noir, The Cure. Grondements sourds, lointains. J'ai l'impression qu'un orage violent se prépare et je lui propose de rentrer avant la pluie.

En quittant les lieux, elle est prise d'un doute. Elle se revoit monter une rue, pour aller assister au cours de dessin anatomique, dans une autre direction, non pas vers l'ancien hôpital, d'où nous venons – le chemin inscrit dans sa peau diffère.

Sur l'en-tête des lettres conservées aux archives de la ville de Genève figurait, il est vrai, une autre adresse : « Département de morphologie, 1, rue Michel-Servet ». Durant les années 1980, le département de morphologie a déménagé. Où a-t-elle dessiné l'homme sans nom ? À l'ancienne École de médecine ou à la rue Michel-Servet ?

Le jet d'eau semble cracher de la poudre vif-argent. Une fumée qui s'évapore dans l'air plombé. Nous traversons la rade en bateau – C effectuait ce trajet chaque jour pour se rendre à l'école, d'une rive à l'autre. Rue Plantamour, dans le quartier des Pâquis, elle désigne la fenêtre de la chambre qu'elle occupait, en 1989, dans un foyer international de jeunes filles.

Lorsqu'elle étudiait à Zurich, un soir d'hiver 1987, une camarade lui a confié qu'elle voulait mourir. C l'avait incitée à marcher et à parler, cherchant à la dissuader, à épuiser la voix ténébreuse qui l'habitait. À 4 heures du matin, elles s'étaient retrouvées en périphérie. Il n'y avait plus de bus pour rentrer ; la jeune femme ne voulait plus en finir avec la vie mais aller se coucher. Le lendemain, elle se plaignit auprès de sa professeure de français : à cause de C, elle avait des cloques aux pieds. *Lui, il n'a pas pu être sauvé. Personne ne l'a emmené marcher.* Dans quelle rue de Genève a-t-il pensé : « Je veux mourir ? » Quelle chambre a conservé cette pensée imprégnée dans ses murs ? Ce jour-là, sans le savoir, nous avons fait halte dans le lieu où il est décédé, du moins où il a perdu connaissance, avant d'être transporté à l'hôpital. Je ne l'apprendrai que plus tard.

Le temps reste lourd sans que l'orage éclate.

Je tente d'imaginer la vie du jeune homme à Genève. Je le vois dans un train comme autrefois. On peut ouvrir les fenêtres, le paysage possède une odeur ; celle des wagons fumeurs prend à la gorge. Je lis : « *È pericoloso sporgersi* », « *Non gettate alcun oggetto dal finestrino* », « *Vietato fumare* »… Entre les quatre langues, c'est l'italien qui paraît le plus naturel.

Était-il tessinois ?

Un saisonnier venu d'Italie ?

Au fond de la cuvette des toilettes, un clapet s'incline et découvre les traverses et le ballast qui défilent – les kilomètres avalés. Où ce train file-t-il ? C'est l'été. On perçoit le frottement de l'air traversé, le voyage provoque un roulement, l'espace se déchire – face au jeune homme, un passager le fixe, lui demande d'honorer une dette. Du haschich, de la morphine ? Comme cela arrive dans les rêves, il aimerait fuir mais ne peut pas.

21

Lausanne, 29 août 2024

Ce matin, en me rasant la tête devant le miroir, je pense au crâne du mort. Je me demande de quelle couleur sont ses yeux.

J'observe les zones intactes. Sur le cliché en noir et blanc, le dos de la main me rappelle un papier-calque. Le poignet est à l'os. Je perds la notion du temps : est-ce un corps en gestation ou un corps qui s'efface, lentement abrasé ?

Sur le ventre écorché, le nombril paraît plus proéminent. Suivant une croyance ancienne, je scrute dans son oreille la forme qu'il avait lorsqu'il était lové dans le ventre de sa mère.

J'agrandis les clichés, j'ai besoin de les regarder pour ne plus avoir peur ; les laisser imprégner ma chair, puis attendre que les mots remontent à la surface. Une personne l'ayant fréquenté de son vivant – un proche, un ami, un membre de sa famille – le reconnaîtrait ; il est sur le point de s'effacer, mais il est encore là ; il disparaît et pourtant il ne cesse d'apparaître. Je remarque une cicatrice sur le dos de sa main gauche, sous le majeur – cette coupure, trop large, n'a pu être causée par un scalpel. Ses doigts semblent abîmés, brisés aux jointures. Que signifient cette entaille et la phalange sectionnée ?

Un accident, une mise en garde, une punition ? Ce n'est qu'une photographie et je ne suis pas médecin, j'invente les indices d'un drame inconnu.

La ligne entre l'ombre et la lumière avance, même si elle paraît immobile. Sans cesse la couche superficielle naît, meurt, se corne, tombe en fragments. Le cycle dure quatorze jours. Notre poussière s'amoncelle dans les chambres. Je le cherche parmi les vivants. Dans la rue, j'observe les mains des passants pour déceler une blessure, un doigt manquant.

C me raconte qu'il y a une vingtaine d'années, elle s'est fait retirer un kyste. On lui a demandé si elle souhaitait regarder l'opération. Sa main endormie par l'anesthésie ne lui appartenait plus, la nausée l'a submergée. Cette main devenue étrangère possédait la même couleur que la tête, livide, du cours de dessin anatomique, pas celle du jeune homme, mais une figure de cauchemar, dont je n'ai pas encore parlé, conservée dans un bocal. Gonflée dans le formol, elle semblait remplir entièrement son contenant et faire pression contre les parois. C n'a pas oublié le cri muet mais strident de cette tête de Méduse aux yeux globuleux. Elle n'en a gardé aucune étude dans le carton à dessins.

Après notre première rencontre, je me fais également retirer un kyste dans le cabinet d'un chirurgien. Anesthésie locale, je ne sens pas la lame du scalpel. L'assistante me demande plusieurs fois si ça va. Cette intervention banale semble plus pénible pour elle que pour moi.

Le chirurgien recoud mon dos. Croyant me rassurer, il me montre un lambeau, au bout d'une pince, *comme je vous le disais, rien de grave* – le lambeau tombe par terre, l'assistante gémit d'inquiétude, le chirurgien le ramasse, me le fait voir à nouveau, le triture… La couleur de cette chair, passée en un instant de l'incarnat à la blancheur, me saisit.

Les vacances de Noël commencent. Le cabinet du chirurgien est fermé. Les fils qui devraient être retirés grattent dans le dos, rêches, rigides comme des barbelés. La peau se reforme et les noie.

Qu'est devenue la peau du jeune homme ?

Un lambeau a survécu. Il s'envole.

Il croît, se déploie, se différencie en feuillets. L'un donne naissance aux os, aux cartilages, aux muscles, aux aponévroses. Un autre est à l'origine des glandes digestives et de l'appareil respiratoire. Le troisième se fait cristallin, cornée, nez, oreilles, système nerveux central et périphérique, peau.

Ça se soulève, forme saillies, sillons, granulosités, se scinde, se dédouble ; bourgeonne, prolifère, se fissure, se réunit, creuse dépressions et cavités.

Ça se constitue en pliage, en origami de plus en plus complexe, se façonne en gouttière, se referme peu à peu en tube conduisant de la bouche au cloaque – de ses parois naissent poumons et bronches, muqueuses du sexe et du rectum.

Autour du rebord orbitaire, deux replis avancent à la rencontre l'un de l'autre, se rejoignent, se soudent au début du quatrième mois – vers le septième, se séparent à nouveau

– les paupières s'ouvrent : les yeux perçoivent les premières lueurs.

Il fait très beau. F part se promener, il me propose de l'accompagner au bord du lac. Je décline. Je tente d'écrire la scène du vol d'un cadavre, dans un cimetière, par un artiste et ses apprentis, au XVe siècle. Une scène nocturne : un haut mur, de la brume, le bruit sourd du sac tombant sur le sol. Dans ses carnets, Léonard de Vinci mentionne les cadavres qui gonflent et se boursouflent même si on les recouvre de neige.

Je me passionne pour *La Leçon d'anatomie du docteur Tulp* de Rembrandt, comme si elle contenait des indices sur l'inconnu du carton à dessins. J'ai vu plusieurs fois cette œuvre à La Haye. Huit vivants debout, en noir, le rouge aux joues, font cercle ; au centre, livide, nu, étendu de tout son long, un mort. Hommage inhabituel, et marque du génie de l'artiste, son visage est travaillé avec autant de soin que ceux des vivants respectables. Nous connaissons son nom : Adriaan Adriaanszoon, alias Aris Kindt, « le gamin », petit truand qui détroussait ses victimes en les rouant de coups. Pendu à un gibet, à l'entrée du port d'Amsterdam, il a été prestement amené dans la salle de dissection. Autour de lui, les membres de la guilde des chirurgiens de la ville, un corps d'infanterie compact, une créature à plusieurs têtes, une pyramide de profiteroles – chaque cou est ceint d'une fraise blanche aux airs de champignon, de méduse, de fleur flapie. Le docteur Tulp fait une démonstration, tient l'un des muscles du mort dans une pince, le fléchisseur superficiel des doigts, *flexor digitorum superficialis.* La dextérité de l'homme l'éloigne de la bête, le rapproche de Dieu, la main est un instrument divin aux mille usages, elle diffère du sabot de l'herbivore et de la patte griffue de l'ours – l'homme s'illusionne et se flatte, s'imaginant comme à son habitude, supérieur aux autres règnes. Mais le pouvoir de la main du peintre m'émerveille.

Le docteur s'appelle en réalité Claes Pieterszoon. Par coquetterie, il s'est fait rebaptiser «Tulp». «Tulipe». La crise de la tulipe, premier krach boursier de l'histoire, qui menacera d'entraîner le pays dans la faillite, n'a pas encore eu lieu. En regardant le visage du docteur, j'ai l'impression qu'il ne considère pas le cadavre du voleur, mais qu'il dissèque sa propre chair. Il a une vision. Le corps est un livre à déchiffrer, il contient la phrase, l'invocation protectrice, cryptée, qui équivaut à Dieu. Le tableau se déforme dans ma mémoire. Progressivement, les vivants et le mort fusionnent, membres d'un seul et même corps.

Je revois les cadavres préparés par le docteur allemand Gunther von Hagen, né en Pologne en 1945, découverts lors d'une exposition à Bâle. Il n'y avait plus aucune *présence*, aucun mystère dans ces figures mises en scène, jouant aux échecs, au basket, s'accouplant, ou crucifiées. Des objets de divertissement, sous couvert de pédagogie. Où diable le célèbre docteur avait-il trouvé tant de trépassés juvéniles et bien portants ? Anonymisés, nettoyés, ils étaient morts une seconde fois. Tandis que lui nous regarde. Sur les dessins, les photographies, il y a quelqu'un.

Bientôt ce sera le soir. J'aurais dû sortir marcher moi aussi. Les visages de la toile de Rembrandt me disent de sortir, ils disent que la vie est courte pour écrire un livre sur un mort.

J'écris sur lui et j'ai froid. Je m'habille comme si nous étions en automne alors que la température est exceptionnellement élevée pour la saison. Vingt-six degrés début septembre 2024.

Je me dérobe. F dit qu'il n'a plus accès à ma peau depuis que j'écris.

Dessiner, c'est toucher par le truchement d'une feuille de papier et d'un crayon. C tentait de l'approcher, d'aller plus près de son histoire, de son mystère. Jamais elle ne l'a touché.

Dans la salle de cours, elle retrouvait l'odeur chimique, celle de l'homme sans nom, celle de sa peau absente. Le soir, elle continuait de la sentir sur ses vêtements, sur sa peau.

Elle le rencontrait en rêve, à la faveur de la nuit. Elle ne tentait pas de fuir, au contraire, elle le cherchait anxieusement pour connaître son histoire. Elle l'interrogeait et il répondait. Le lendemain, elle avait oublié ce qu'il lui avait révélé.

Si je peux le regarder sans crainte, c'est à travers le regard de C, son récit, ses dessins, leur délicatesse.

En fermant les yeux, j'essaie d'imaginer ses traits, de combler les lacunes, de le recouvrir de tissus vivants. À quoi ressemblerait-il, si je le croisais dans la rue ? Comment est sa voix ?

Au retour de F, nous allons manger dans le jardin. Un petit lézard s'approche sans crainte. Son cou palpite. Deux ans de travail déjà, et je n'arrive pas à trouver les mots. Je rêve d'un texte vivant.

Nous récoltons des courgettes et des tomates, arrosons, cueillons de la verveine citronnée pour une infusion.

Les jours qui suivent, un oiseau s'installe sur le balcon. Peut-être le même que l'année précédente ?

Nous découvrons de petites déjections sur le sol, chaque matin.

Je pense à un pigeon. Un soir, je le surprends. C'est un moineau. Il se pose dans l'arbre d'en face, nous nous regardons. Il attend que je rentre pour pouvoir regagner son refuge, sur notre toile de tente.

J'aimerais revoir *Regard dans l'infini* en vrai. Hector debout sur la cime d'une montagne. Ses mains relevées sur son plexus solaire, rappelant que son corps contient la puissance de vie, la même force à l'œuvre dans le paysage alentour.

Il est mince, presque frêle. Sur son ventre, on peut détailler ses abdominaux. Pourtant, une force se dégage du jeune homme tout en os et en muscles. En croissance, confiant. Il est la cime. Autour de lui, l'immensité irradie en vagues de nuages parallèles mais semble à taille humaine. On n'est pas noyé, on est en harmonie avec elle.

Un soir, le beau chat des voisins se met sur le dos, au bord du chemin de dalles qui mène au potager, demande un câlin. Il se laisse caresser, puis lacère ma paume et le dos de ma main. Je regarde avec étonnement le sang apparaître sous la peau pâle.

22

Genève, 14 octobre 2024

Après combien d'années les archives d'un institut médico-légal sont-elles rendues publiques ? Il doit rester une trace de l'homme écorché dans les registres. Seuls indices : mort vers 1988, vingt-trois ans, grand, musculature développée, absence de la dernière phalange du majeur de la main droite. Comment avoir accès aux dossiers classifiés ?

Les mois passent. Enfin, je reçois le message d'une archiviste.

Elle nous accueille à l'entrée. Elle sera notre guide dans les kilomètres de rayonnages. Hélas, aucun fonds du département de morphologie n'a été conservé.

Avec V, nous parcourons rapidement les boîtes des décès recensés entre 1987 et 1988. Nous le cherchons dans ce fleuve d'autopsies, de constats de police. Pas de photographies, seulement des rapports écrits. Nous n'avons pas accès aux noms. Pourtant, toute une jeunesse se révèle. À chaque époque de nouvelles façons de mourir : les années 1980 sont marquées par une vague d'overdoses. Presque tous ces défunts ont été soumis à une autopsie. Les abdomens ont été ouverts, les organes internes et leur contenu analysés. Si nous le trouvons, il ne faudra pas que l'on puisse l'identifier dans le roman.

L'archiviste veille. Ne pas donner de détails. Mais ce sont les détails qui comptent le plus.

En 1988, trois cas sortent des limbes. Trois hommes de vingt-trois ans qui ont renoncé à vivre cette année-là et n'ont pas été autopsiés. Nous les appelons pour connaître leur histoire. Leurs voix pleurent.

Le premier est retrouvé pendu à une poutre de sa chambre, sans avoir laissé d'explication. La corpulence correspond. Le dossier montre une famille aimante. Il semble peu crédible qu'elle ait abandonné son corps.

Le second se pend à un arbre. Le dossier énumère ses effets personnels : une veste, une chemise, un pantalon et une ceinture, un sous-vêtement, des chaussures, des chaussettes. Un détail plus que les autres me fait monter les larmes : « Les yeux sont ouverts. Ils sont partiellement recouverts, ainsi que les paupières, d'une multitude de petites larves jaunâtres. » J'imagine la nature opulente d'août, une nuit agitée d'insectes, d'animaux. L'aube, le corps se balance au-dessus d'un ravin, jusqu'à ce que quelqu'un – un promeneur ? – le signale à la police.

Le troisième est probablement décédé des suites d'une overdose. Je lis la couleur de ses cheveux. Je lis la description de la pilosité de son visage. Les vêtements qu'il portait. Le motif de sa chemise. Sa taille imposante.

C'est lui.

L'examen externe mentionne un « début d'altération cadavérique de la paroi abdominale ». La tache. Je guette la phalange manquante, ne la trouve pas. Elle a pu être sectionnée après sa mort. Dans une lettre, la famille demande de renoncer à l'autopsie. Pourtant, les causes du décès sont floues. Qu'est-ce qui a provoqué son « malaise » ? Une seringue, un flacon « sans indication » et un morceau de haschich suffisent aux enquêteurs pour conclure à un suicide. Affaire classée. Les analyses de sang et d'urine mettent en évidence la présence de morphine et de méthadone. Le rapport mentionne que ce jeune « borderline » entretenait une relation « quasi pathologique avec ses parents ». Dans le dossier, cette note, également : « Ce patient s'est beaucoup déprimé à la découverte de sa séropositivité. »

Il a perdu connaissance dans les toilettes d'un café. Sans le savoir, nous avons déjeuné sur la terrasse de ce même café, avec C et V, et nous avions parlé de lui.

Lorsque la mort le saisit, appelle-t-il sa mère, son père ? Pourquoi ne sont-ils pas venus le chercher dans la morgue de cet hôpital ?

J'atteins le fond d'un couloir sombre. Je suis face à une porte fermée.

Un détail me fait douter : « L'état de nutrition est diminué. » Le jeune homme dessiné possède une musculature très développée. Je le croyais fort et épais, c'était une illusion, il est maigre – pour la première fois, je le perçois dans sa fragilité.

Que deviennent en moi les images du carton à dessin ? Je pressens confusément qu'elles contiennent autre chose que la peur de la mort, quelque chose que l'on pourrait qualifier d'amour. Peut-on parler d'une personne dont on ne sait rien, et que l'on n'a pas connue ? Peut-on faire le deuil de quelqu'un qu'on n'a pas perdu ? Il pourrait être un frère, un fils. S'il avait vécu, il aurait pu être un père.

C n'était pas libre d'interpréter la figure à sa manière, il s'agissait d'étudier l'anatomie, pas de réaliser des portraits. Je la connais suffisamment désormais pour repérer les dessins dans lesquels elle est allée au-delà de l'exercice imposé. Sur un feuillet, la cage thoracique évoque un insecte, un scarabée ; les côtes, les pattes repliées d'une araignée. Dans un croquis des muscles sous-scapulaires, je vois des strelitzias ; dans la vue latérale de l'épaule, une gousse de lotus. Les trapèzes forment des ailes.

Je reprends les photographies une dernière fois. Le visage n'exprime ni peur ni douleur. Peut-on prêter des émotions à un mort ? C'est ce que je ressens pourtant, probablement pour me protéger : un apaisement, le début d'une consolation. Ce n'est pas un visage qui se décompose, se perd, mais qui apparaît, encore inachevé. Il ne suscite en moi ni répugnance ni effroi ; il n'y a rien de hideux dans sa chair humble, noble, notre chair commune. Nous serons, comme lui, arrachés au monde. Le savoir m'allège, me rassure. Nul besoin de courir après les vanités terrestres. Sa puissance vitale a disparu et pourtant elle a existé. Si l'on change de point de vue, si l'on quitte le temps des horloges pour un temps plus ample, cet homme est là, dans ces dessins et ces photographies. Si l'on regarde bien, depuis le bon angle, ce qui a été une fois continue d'exister.

Millefiori, l'œuvre de C, me revient à l'esprit. Ces fleurs peintes à l'huile, admirées dans des saisons et des paysages différents, ce champ rêvé composé par collage – trèfles, pissenlits, pensées, muguets, jacinthes et immortelles… Tel un jardin aux pieds de la Vierge. Sa sépulture était là, sous mes yeux, dès le premier jour de l'enquête.

Son cœur ardent se dévoile. Apparaissent par strates son squelette, puis ses nerfs, ses muscles, sa chair et sa peau. Marcel blanc, perfecto noir. Il me sourit. Il a vingt-trois ans. Dans un bar, il attend ses amis. Il insère une pièce dans le jukebox – les premiers accords de *A Kind of Magic* résonnent. Toute la nuit, nous dansons.

À l'aube, il me regarde écrire. Il se tient derrière ma fenêtre.

Le soir venu, il n'est plus là.

Épilogue

Nous gagnons l'atelier à pied. Pour la première fois, F m'accompagne.

Je peine à relier entre eux les quartiers de cette ville, comme s'ils appartenaient à des réalités distinctes. Je dois toujours réfléchir à mon itinéraire, aux points de communication – l'atelier voisine avec des tours d'habitation, une petite forêt, un parc du XIXe siècle et sa maison de maître. Je n'arrive pas à déchiffrer la surface de la ville, à la mettre en récit. F me guide. J'aimerais trouver un passage pour lier les époques, le proche et le lointain, ma propre histoire et celle d'un jeune homme disparu à Genève en 1988, celle d'Odette et d'Odilon, celle de C – coller ces fragments épars.

Nous n'ouvrons pas le carton à dessins. Nous sommes venus choisir une œuvre de C. Dans des boîtes, ses « petits théâtres », elle a mis en scène les figures découpées, les a disposées sur plusieurs plans. F désigne un joueur de flûte du siècle d'or hollandais, regardant, intimidé, une Vénus née d'une écume superbe et pétrifiante d'où surgissent également la gueule d'un requin et la nageoire d'une baleine.

Nous allons nous promener tous les trois. Je m'arrête pour poser les mains sur l'écorce d'un arbre – les choses que l'on touche sont absorbées, leur force, leur puissance, leur beauté. Ce n'est pas nous qui laissons nos empreintes.

Oiseaux, arbres et pierres sont faits du même tissu que nous. Je vois ce jeune homme lié à nous, cousu du même fil, sans déchirure – les morts nous donnent leur enveloppe, nous la revêtons pour nous protéger.

Nous contemplons *Regard dans l'infini* de Hodler au musée des Beaux-Arts. La toile se révèle plus grande que dans mon souvenir. Est-ce l'aube ou le crépuscule ? La montagne n'est pas aride : une végétation discrète s'épanouit entre les rochers. À part le jeune homme debout, nu sur la cime, on ne distingue aucune présence. Pourtant, ce n'est pas un sentiment de solitude qui domine. À force de regarder, d'être concentré, face à l'œuvre, et parce que C et F sont avec moi, je la vois pour la première fois. Je m'approche du torse d'Hector, observe les coups de pinceau et les fibres de la toile. Je ne l'avais encore jamais remarqué, mais de très près, sa chair à vif se défait, cède la place à une lumière dorée, émanant de l'intérieur.

Le soleil est en train de naître dans sa poitrine.

Quelques références au fil du texte

Il existe plusieurs versions de *Blick ins Unendliche* [*Regard dans l'infini*], de Ferdinand Hodler. Dans ces pages, il est fait allusion à la version de Lausanne, peinte vers 1903-1904. • Jura Brüschweiler, « Mysticisme et rôle du double dans le *Regard dans l'infini* de Ferdinand Hodler », *De Vallotton à Dubuffet: une collection en mouvement, acquisitions, dons, prêts*, Lausanne, Les Cahiers du Musée des Beaux-Arts de Lausanne 5, 1996, pp. 12-20. • La sculpture *Cristo Negro* conservée au musée Machado de Castro, à Coimbra, date du XIVe siècle. • Ovide, *Les Métamorphoses*, traduction du latin par Joseph Chamonard, GF Flammarion, 1966. • Trois ouvrages de Christine Bergé, *L'écorchement. Limite et transgression*, 2016 ; ainsi que *Guerre et Peau. Écorchement*, 2019 ; et enfin *La Peau. Totem et tabou*, 2019, tous trois à Neuilly-lès-Dijon, aux éditions Le Murmure. • Leon Battista Alberti, *De pictura (redazione volgare)*, Lucia Bertolini (éd.), Florence, Polistampa, 2011. • Deanna Petherbridge, Claude Ritschard, Andrea Carlino, *Corps à vif: art et anatomie*, [*18 juin-13 septembre 1998, Musée d'art et d'histoire, Genève*], Genève, Musée d'art et d'histoire, 1998. • *La pelle umana = The human skin, Micrologus*, Thalia Brero, Francesco Santi (éd.), Firenze, SISMEL, Edizioni del Galluzzo, 2005 • Marcel Grandjean, *Les Monuments d'art et d'histoire du canton de Vaud*, Basel, Birkhäuser, 1944. • Maxime Reymond,

Les Églises paroissiales de Lausanne avant 1536, Fribourg, Imprimerie de l'Œuvre de Saint-Paul, 1928. • *Pasolini, un delitto italiano* est un film de Marco Tullio Giordana sorti en 1995. • *Figures du corps. Une leçon d'anatomie à l'École des beaux-arts*, Philippe Comar (dir.), Paris, Beaux-arts de Paris, 2009. • Célia Zuber, « L'école des demoiselles. La famille Gillet et l'enseignement du dessin aux jeunes filles (1852-1903) », *L'Enseignement des arts à Genève du XVIIIe siècle à nos jours*, Frédéric Elsig et Lada Umstätter (dir.), Chêne-Bourg, Georg, « Patrimoine genevois », 2024, pp. 195-226. • Vincent Chenal et Noémie Étienne, « Les demoiselles Rath et l'institution artistique à Genève autour de 1800 », *Post Tenebras Luxe*, Genève, Labor et Fides, 2009. • Jean-Louis Meylan, *La Formation des artistes et ses enjeux : le cas de Genève, de l'école de dessin à l'école supérieure d'art visuel, 1704-1980*, Saint-Denis, Connaissances et savoirs, 2016. • Georges Canguilhem, « L'homme de Vésale dans le monde de Copernic », *Études d'histoire et de philosophie des sciences*, Paris, J. Vrin, 1970. • Paul Valéry, « L'idée fixe », *Œuvres II*, Jean Hytier (éd.), Paris, Gallimard, « Bibliothèque de la Pléiade », 1960, p. 215. • *Compendiosa totius anatomie delineatio* [« Un aperçu concis de toute l'anatomie »], illustré par les planches de Thomas Geminus, a été publié à Londres par l'imprimeur John Herford en 1545. C'est une copie du célèbre traité d'anatomie de Vésale, *De humani corporis fabrica librorum epitome* [« À propos de la fabrique du corps humain »], imprimé à Bâle seulement deux ans plus tôt. • *Tabulae sceleti et musculorum corporis humani* [« Schémas du squelette et des muscles du corps humain »], de Bernhard Siegfried Albinus, a été imprimé à Leyden chez Joannes et Hermann Verbeek, en 1747. Ces deux ouvrages sont conservés à la Réserve précieuse de la Bibliothèque cantonale et universitaire de Lausanne. • *Le Bœuf écorché* de Rembrandt a été peint en 1655 ; *La Leçon d'anatomie du docteur Tulp* en 1632. • La sculpture du portail des anciens abattoirs de Lausanne est l'œuvre de Pierre Blanc, qui a également signé le *Poulain* du parc de Valency, où ma mère allait jouer enfant. • L'article de *La Feuille d'avis de Lausanne* du 29 mars 1932 a été consulté sur le site www.scriptorium.ch

Pensées reconnaissantes

À F; Claudia Renna, pour m'avoir confié son histoire; Florence Robins, pour avoir accompagné l'écriture de ce roman durant trois ans.

À Vincent Barras, Silke Grabherr et au personnel de l'unité facultaire d'anatomie et de morphologie de l'Université de Lausanne, en particulier Hugues Cadas, Sara Sabatasso, Michel Kielar et Stella Fahrni.

À Pro Helvetia – Fondation suisse pour la culture, pour son soutien à l'écriture.

À Marie Alamir, Anne-Lise Delacrétaz, Vincent Chenal, Denise Medico, Eddy Mottaz, Evelyne von der Mühll, Alexia Ryf, Marc Tiefenauer, Célia Zuber, Alexandra Weber Berney.

À la Bibliothèque cantonale et universitaire de Lausanne (BCUL); à la Réserve précieuse de la BCUL; à la bibliothèque de l'Institut des humanités en médecine de Lausanne; aux Archives d'État de Genève; aux Archives cantonales vaudoises; aux Archives de la ville de Lausanne; au Musée cantonal des Beaux-Arts de Lausanne (MCBA) et à leurs personnels.

Du même auteur

Si seulement, Éditions Samizdat, 2008
Poupée, Bernard Campiche Éditeur, 2009
Beau à vomir, Bernard Campiche Éditeur, 2011
Flux, dessins de Barbara Cardinale,
Éditions Couleurs d'encre, 2012
Liber, bois gravé de Claire Nicole, BCU Lausanne, 2013
Muscles & La Maison, Bernard Campiche Éditeur, 2014
Ice & cream, aquarelles de Florence Grivel,
Éditions art&fiction, 2014
Prendre l'eau, Bernard Campiche Éditeur, 2017
Suie, œuvre au noir de Michael Rampa,
Éditions Couleurs d'encre, 2018
Lacunes, aquarelles de Florence Grivel,
Éditions BSN Press, 2019
Roches tendres, Éditions d'autre part, 2021
Parades, Paulette Éditrice, 2022
La double nuit du lac, Éditions La Veilleuse, 2023

Collection Nuit blanche

La vie des choses, Marc Agron
La saveur du vent, Fabienne Bogádi
La double nuit du lac, Julien Burri
Ce que peut un cœur, Julien Burri
Madame Bœuf, Guy Y. Chevalley
Qui n'est plus, Odile Cornuz
Tout ce que nous avons été, Olimpia De Girolamo
Tumiqa, Nicolas Di Meo
La vie juste, Laure Federiconi
Corps perdus, Lou Lepori
Rouille, Camille Leyvraz
Timidité des cimes, Maxence Marchand
Calcaires, Antoine Rubin
Hôtel Au-delà, Noemi Somalvico
Comme de l'eau dans l'eau, Myriam Wahli

Achevé d'imprimer en juillet 2025 en Europe.
Cette impression bénéficie du label FSC pour une gestion forestière responsable.

Dépôt légal : août 2025